Hans Ernst · Die Wirtin in der Lahn

Aus der Roman-Reihe
»Das alpenländische Bücherbrett«

HANS ERNST

Die Wirtin in der Lahn

ROMAN

ROSENHEIMER VERLAGSHAUS

Vierte Auflage 1992

ISBN 3-475-52254-3
Dieses Buch erscheint in der Reihe »Das alpenländische Bücherbrett«
im Rosenheimer Verlagshaus Alfred Förg GmbH & Co. KG, Rosenheim.
Es wurde gedruckt und gebunden vom Wiener Verlag, Himberg bei Wien.
Den Umschlag gestaltete Ulrich Eichberger, Innsbruck, unter Verwendung
eines Fotos von Foto Löbl-Schreyer, Bad Tölz.

Im Hochwald braust der Wind. Manchmal geht ein Regenschauer nieder. Es ist schon nahe Mitternacht. Und doch brennt in der kleinen Gaststube am Rain noch Licht. Es ist eine abgelegene Wirtschaft, dort wo die Wege sich zweigen. Der eine geht ins Gebirge, der andere ins Moor. Holzknechte verkehren dort und vertrinken ihren kargen Lohn. Es ist kein großes Gasthaus. Nein, mehr eine Kantine, aus Brettern gefügt; ein Überbleibsel aus der großen Zeit des Moores, wo noch dreißig und vierzig Männer damit beschäftigt waren, den Torf zu stechen, um sich im Winter die Stuben damit warmzuheizen.

In der ärmlichen Gaststube saßen in dieser Nacht ein halbes Dutzend Männer um den großen, von Bierflecken glänzenden Tisch. Vielleicht saßen sie des Regens wegen so lange. Ein paar schliefen bereits. Nur der Tobler und der Wieser schauten mit etwas Interesse dem Kartenspiel zu, das der Hafner vom Ried und der Freiberger Matthias trieben. Es war ein frevelhaftes Spiel, ein Glücksspiel, bei dem es nur einen Gewinner geben konnte, und zwar den, der noch etwas nüchterner war als der andere. Der Nüchterne aber war der Hafner vom Ried, der Großbauer, unter dessen Würde es eigentlich gewesen wäre, mit dem Kleinhäusler Freiberger zu spielen. Längst hatte der Freiberger kein Geld mehr. Er hatte bereits seine alte Taschenuhr gesetzt, und als diese auch verspielt war, hob der Hafner den schmalen Kopf und sah sein Gegenüber mit schläfrigen Augen an.

»Was hast du noch zu setzen?«

»In vier Wochen kommt ein Kalb bei mir.«

Der Hafner überlegte. Er traute dem Freiberger nicht recht.

»Gut, es gilt das Kalb. Aber du mußt ein Pfand dafür setzen, bis das Kalb in meinen Händen ist. Was hast du zu bieten?«

Matthias Freiberger war schwer betrunken an diesem Abend. Immer wieder fielen ihm die Augen zu. Aber seine Hände zitterten in Unruhe und Gier nach den Spielkarten. Konnte das Glück sich denn nicht mit einem Schlage auch ihm zuneigen?

»Als Pfand – biet ich dir eine von meinen Dirndln. Gib die Karten aus.«

»Matthias!« sagte der Tobler. »Mit Kindern treibt man keinen Frevel.«

»Spielst du, oder spiel ich?« schrie Matthias Freiberger kampfbereit. »Also, was ist, Hafner?«

»Moment, laß mich nachdenken. Das Geschäft könnt sich schlecht auswirken. Du hast drei oder vier Mädel. Schickst du mir eine, die noch zur Schul geht, zahl ich bloß drauf, weil ich sie füttern muß, bis du mir das Kalb liefern kannst.«

»Ich schick dir die Jutta. Die ist dreizehn und kann arbeiten. Im übrigen – wer sagt, daß ich diesmal wieder verlier? Kannst du nicht auch einmal verlieren?«

»Warum nicht?« meinte der Hafner, gab die Karten aus und – gewann abermals. Hernach aber war er nicht zu bewegen, weiterzuspielen. Es schaute kein Nutzen mehr heraus. Er sah auch das zuletzt gewonnene Spiel für verloren an, denn im Ernst rechnete er nicht damit, daß der Freiberger ihm eines seiner Kinder bringen würde, um es später gegen ein Kalb einzutauschen.

Mißmutig warf er das Geld für die Zeche auf den Tisch und griff nach seinem Hut. Der Tobler und der Wieser folgten ihm. Die Schlafenden rekelten sich hoch, der Freiberger aber schrie nach einem frischen Bier und fing Streit an mit dem

Wirt, weil der ihm aufs Aufschreiben nichts mehr geben wollte.

Schließlich endete es so, wie es schon oft geendet hatte. Der Freiberger lag außerhalb der Wirtschaft, blieb wohl eine Stunde so liegen, rappelte sich dann fluchend hoch und suchte den Heimweg übers Moor. Zuweilen blieb er stehen und schrie auf eine Birke ein, die ihn in der Dunkelheit narrte, und von der er meinte, daß es der Hafner vom Ried sei.

»Hast gemeint, du kannst mich übers Ohr hauen, du Protzenbauer, du eingebildeter? Diesmal war ich schlauer als du. Ich schick dir meine Jutta. Auf die Weis bring ich eine von der Schüssel weg, und auf das Kalb, da kannst du warten, bis Pfingsten vor Ostern fällt.«

Dieser vermeintliche Gewinn stimmte ihn so fröhlich, daß er heute nicht den üblichen Krach schlug, als er zu Hause ankam. Die Frau kroch zitternd unter die Bettdecke, als sie die Haustür gehen hörte. Es war nicht selten, daß er sie schlug, wenn er betrunken heimkam. Heute aber zog er schon in der Stube in aller Manierlichkeit die Schuhe aus, fluchte nur einmal kurz auf den Hafner vom Ried, als er seine Taschenuhr vermißte, die er jeden Abend mit dem Regulator verglich, der in der Stube hing. Dann betrat er die Schlafkammer und sagte, ohne sich zu überzeugen, ob die Frau schlief oder nicht:

»Heut hab ich mit dem Hafner vom Ried ein gutes Geschäft gemacht.«

Zögernd und mißtrauisch hob sich der Kopf der Frau aus dem Deckbett.

»Das sollt mich wundern.«

»Ja, die Jutta – unsere Jutta nimmt er in Dienst.«

»Wirklich? Nein, so ein Glück!«

»Warum soll eine blinde Henn nicht auch einmal ein Korn finden?«

»Was zahlt er ihr denn?«

Der Freiberger kratzte sich hinter dem Ohr.

»Darüber haben wir gar nicht geredet. Für die Jutta ist das auch gar nicht so wichtig, denn der Lohn wird bei mir abgeliefert.«

Daß du ihn versaufen kannst, dachte die Frau, aber sie wagte es nicht zu sagen. Fürs erste sah auch sie es für eine Wohltat an, eines von den sieben Kindern vom Tisch wegzubringen. Freilich hatte auch sie einmal ganz andere Pläne gehabt mit ihren Kindern. Aber dieses Wünschen und Planen war längst versunken im Strudel der Not, die über sie gekommen war. Als sie noch etwas fragen wollte, hatte der Mann bereits zu schnarchen begonnen. Die Frau aber lag noch lange wach und sah ins Dunkel über sich.

Ich werde ihr meine guten Schuhe mitgeben, dachte die Freibergerin und suchte in Gedanken auch im ärmlichen Kleiderschrank, was sie noch entbehren könnte. Viel war es beileibe nicht, denn was nur irgendwie zu entbehren war, hatte sie längst für die Kinder zurechtgeschneidert.

Ach, es war zum Gotterbarmen, wenn man so grenzenlos arm war. Und es war ihr doch nicht an der Wiege gesungen, einmal so am Rande der Not hingehen zu müssen. Längst waren die kleinen Freuden des Lebens erloschen, so wie die Liebe erloschen war zu dem Mann, dem sie einmal in gläubigem Vertrauen zum Altar gefolgt war. Freilich, damals war Matthias Freiberger noch ein tüchtiger und angesehener Bauer. Es standen an die zwölf Stück Vieh im Stall. Aber dann war er beim Bau der Überlandleitung in schlechte Gesellschaft gekommen, hatte zu spielen und zu trinken begonnen und war immer tiefer hineingeschlittert in seine Leidenschaften. Er vertrank und verspielte den Wald und die Frucht seines Ackers, grün oder gedroschen, wie es sich gerade gab. Der Stall leerte sich immer mehr. Dafür kam jedes Jahr ein Kind. Es waren nicht alles wohlgestalte Kinder. Nein, ein paar waren dabei, die im Geist sogar recht schwach waren. Sie würden wohl immer in den Niederungen des Lebens dahintappen müssen, würden sich wohl nie herausheben können aus der Fron dieses grauen Alltags, mit der dieser Vater sie belastet hatte.

Und die Jutta, sie war ja auch noch ein halbes Kind, obwohl sie für ihre dreizehn Jahre schon ziemlich groß war. Nur war sie erschreckend mager, ihr Hunger hatte nicht immer gestillt werden können. Und darum war es auch wohl gut, wenn sie auf einen Platz kam, wo der Tisch reichlicher gedeckt wurde als im Freibergerhaus.

Das Kind freilich, als es ihm am Morgen eröffnet wurde, zeigte weder Freude, noch war es enttäuscht. Jutta war gewohnt, daß von diesem strengen Vater über ihr Leben entschieden wurde. Er hatte niemals eine Widerrede geduldet. Das Merkwürdige an der ganzen Sache war im Augenblick nur das, daß Jutta Freiberger dieses plötzliche Weggehen aus der Armseligkeit nicht als eine Befreiung empfand. Wie oft hatte sie sich schon gewünscht, endlich von der Armut loszukommen. Und nun, wo die Stunde da war, konnte sie sie doch nicht mit einem befreienden Lächeln begrüßen. Sie erkannte mit einem Mal, daß sie doch an allem sehr hing: an der Mutter, die es ohne sie recht schwer haben würde, an den Geschwistern, an der einzigen Kuh, die noch im Stall stand, und an den armseligen Dingen, die sie durch ihre Kindheit begleiteten. Froh allein war sie nur, vom Vater loszukommen, von seinen unberechenbaren Schlägen, die hart und schmerzvoll waren und fast immer ohne Grund gegeben wurden. Sie haßte ihn nicht, aber sie fürchtete ihn. Und es klang ihr wie eine Phrase im Ohr, als der Vater nun sagte:

»Ja, dann geh nur, und mach mir keine Schande.«

Als ob ihm, der dauernd in Schande dahinlebte, von einem Kinde Schande bereitet werden könnte! Die Mutter aber traf der Abschied mit aller Schwere. Sie weinte nicht, nein, diese Frau hatte keine Tränen mehr, aber sie umklammerte das Kind mit solcher Kraft, als müsse sie es zurückhalten an ihrem Herzen, damit der rauhe Wind des Lebens es nicht berührte. Dann netzte sie die Finger im Weihwasserkessel neben der Tür und machte Jutta drei Kreuzzeichen über Stirn, Mund und Brust.

»Der Herr segne dich, behüte dich und nehme dich allzeit in seinen Schutz. – Und nun geh, mein Kind. Das, was der Vater vorhin sagte, war Unsinn. Ich weiß, daß du uns keine Schande antun wirst. Aber bleib brav und fleißig und denke bei allem, was du tust, daß Gott dir zuschaut und die Rechnung deines Lebens mitschreibt.«

»Ja, Mutter.«

»Und wenn du es schwer hast, dann denke immer, daß wir nicht geboren sind, um es leicht zu haben. Geschenkt wird keinem etwas im Leben, und was so manchmal nach außen hin wie Glück ausschaut, glaub mir, Kind, man brauchte mitunter nur mit dem kleinen Finger hinschlagen, es zerspränge wie Glas. Vergiß auch nie, daß ich noch da bin. Wenn du in Not gerätst, dann komm zu mir. Vertrau dich immer mir an, bevor du dich andern anvertraust. Das habe ich dir noch sagen müssen, Jutta. Jetzt ist mir leichter ums Herz. Und nun geh mit Gott, mein Kind.«

Jutta trug ihr ganzes Hab und Gut in einem Rucksack und in einem großgewürfelten Tuch, das sie in der Hand hielt.

Das Ried war eine weitgezogene Hügellandschaft vor dem Hochwald, hinter dem das Gebirge thronte; ein fruchtbarer Landstrich, in dem alles prächtig gedieh. Drei oder vier Höfe lagen dort. Einer davon, der höchstgelegene, war der Hafnerhof.

Auf diesem Hof diente Jutta Freiberger seit sechs Jahren.

Und wenn sie in ihren einsamen Stunden zuweilen zurückdachte an den Tag, an dem sie hierher gekommen war, dann wollte es ihr heute noch kalt über den Rücken laufen. So lieblos war der Empfang gewesen.

Zunächst sah es aus, als wollte man sie gleich wieder von der Schwelle jagen. Man hatte sie nicht gerufen. Die Hafnerin, groß und mager, hatte hysterisch aufgeschrien, als sie hörte, daß dieses Mädl vom Freiberger sei. Der Hafner aber war danebengestanden, hatte an seinem Bart gezupft und nicht recht gewußt, wie er sich zur Sache stellen sollte. Er hatte schon vergessen gehabt, was er da mit dem Freiberger in der Kantine am Rain ausgekartet hatte.

»Ja«, hatte die Hafnerin gesagt, »dreh nur gleich wieder um und geh heim! Wir brauchen dich nicht!«

Hier hatte sich dann erstmals der Bauer eingemischt, denn es war nicht ganz die Wahrheit, was die Frau sagte.

»Natürlich brauchen wir jemanden.«

»Ja, aber doch nicht so eine! Ihr Vater ist ein Lump! Und wie sollen die Früchte recht weit vom Stamm fallen!«

»Sie soll jetzt erst mal dableiben. Macht sie sich nicht, können wir sie immer noch heimschicken.«

So war Jutta eben beim Hafnerbauern geblieben. Nach einigen Wochen wußte sie auch, daß sie als Pfand für ein Kalb hingegeben worden war. Das Kalb wurde niemals geliefert, und so blieb Jutta eben beim Hafnerbauern. Ein Pfand, mit dem er machen konnte, was ihm beliebte.

Der Mann war nicht so unrecht. Aber es waren Kinder da. Drei Söhne und zwei Töchter. Und es war die Hafnerin da, die so fromm tat, daß es schmerzte, und dennoch keinen Funken Nächstenliebe in sich hatte. Sie machte dem Mädchen das Leben zur Hölle. Es gab keine Erniedrigung, die sie ihr nicht zugefügt hatte.

Das Haus war groß und hatte viele Kammern. Aber es hatte

keine Kammer für die Magd Jutta. Sie mußte in einer Keuche neben dem Kuhstall schlafen, und es dauerte fast zwei Jahre, ehe sie am gemeinsamen Mittagstisch teilnehmen durfte. Man behandelte sie wie eine Aussätzige. Die Kinder trieben Spott mit ihr, und sie hatte gar keinen Willen sich zu verteidigen. Manchmal wurden ihre Augen dunkel vor Haß und Wut, und einmal schlug sie auch mit einer Harke nach Christoph, dem ältesten der Buben, als er mit dem Fuß nach ihr stieß.

Das war ihr schlecht bekommen. Zu viert fielen sie über sie her, und sie kroch am Abend wimmernd vor Schmerzen ins Stroh, wie ein Tier, das sich vor den Menschen verstecken will. Da waren die Tiere im Stall besser dran. Sie taten ihr nichts, und Jutta fühlte sich immer mehr zu den stummen Kreaturen hingezogen. Ja, allmählich schien sie selbst etwas anzunehmen von den Gewohnheiten ihrer Pfleglinge, ihren stummen Ernst, den schwerfälligen Atem und irgendwie auch ihr Aussehen.

Ihr Haar, obwohl es von goldener Färbung war, empfing niemals Pflege. Es war verschwitzt und vom Staub seines Glanzes beraubt. Nur unordentlich waren die schweren Zöpfe aufgesteckt, und oft hing ihr das Haar auch wirr und zerzaust über Gesicht und Schultern.

Sie wäre nun in dem Alter gewesen, wo man sie liebevoll hätte darauf hinweisen müssen, etwas mehr auf ihr Äußeres zu geben. Wo aber war in diesem Hause Liebe für sie? Die Töchter, ja, die stiegen geputzt und sauber einher. Ihr aber warf die Hafnerin höchstens einen alten Männerkittel zu.

»Flick ihn dir. Zur Arbeit taugt er noch.«

Oft war Jutta nahe daran, davonzulaufen. Aber wohin? Zu Hause war die Not noch größer geworden, obwohl Jutta jeden Pfennig ihres ohnehin kargen Lohnes heimbrachte. Die Mutter starb ganz plötzlich, die Geschwister wurden von der Fürsorge in alle Winde weggegeben, der Vater vertrank den

Rest des einstmals so schönen Besitzes. Er sank tiefer und tiefer. Zuletzt landete er in einer Heilanstalt, wo er nach einem Jahr starb.

Um diese Zeit war sie bereits neunzehn geworden. Sie war groß und schlank gewachsen. Ihr Schritt war kraftvoll federnd. In ihren dunklen Augen war zuweilen ein sehnsüchtiges Glänzen. Da sie ihren Lohn nun nicht mehr daheim abzugeben brauchte, sparte sie eisern, um sich endlich einmal ein Kleid für den Sonntag kaufen zu können.

Auch sonst hatte sich einiges geändert. Man konnte nicht gut übersehen, welch wertvolle Kraft Jutta für den Hafnerhof geworden war. Was sie anpackte, packte sie mit Geschick und Lust an. Niemals hatte der Bauer Klage zu führen, und es kam nun schon zuweilen vor, daß er ihr sonntags heimlich noch ein paar Mark über den Lohn hinaus zusteckte.

»Da, nimm! Aber halt's Maul!«

Die Söhne waren nun erwachsen und auch die beiden Töchter. Es waren junge Menschen wie sie. Und doch lebten sie in einer anderen Welt. Sie wußten dem Leben etwas abzugewinnen.

Jutta dagegen lebte das Leben einer Magd, ertrug geduldig Hitze und Kälte und schluckte den Staub der Ernte.

Die Töchter des Hafnerbauern hatten jetzt Liebhaber. Es waren Bauernburschen aus der Umgebung. Sie kamen oft des Abends und saßen dann auf der Hausbank, bis in die Nacht hinein. Die Fenster in der kleinen Kammer neben dem Kuhstall waren weit geöffnet, und was Jutta da zuweilen an Lachen und Schäkern und heimlichem Flüstern hören konnte, erregte sie.

Dann dehnte sie sich auf dem harten Lager, und ihr Blut wurde sehnsüchtig. Nein, ihre Nächte waren nun nicht mehr so ruhig wie ehedem. Die Nächte waren lau, und es war nicht gut, das Liebesgeflüster anderer zu hören.

Es war eine Zeit voller Wirrnisse für Jutta Freiberger. Sie kannte eigentlich fast gar keine Männer. Da war einmal Christian, der älteste Hafnerbub, lang und schmal wie sein Vater und voll hochmütigen Stolzes. Um seine Lippen war immer etwas überheblich Spöttisches. Jutta hätte sich nicht denken können, diesen Mund einmal zu küssen. Dann war Robert da, der zweite. Er war etwas kleiner als sein Bruder, aber auch von jenem Bauernstolz besessen, der es ihm nicht erlaubte, mit der Magd seines Vaters über etwas zu sprechen, was anderes als die Arbeit betraf. Sie war für ihn die Magd, die man auch anschreien durfte oder der man einen unflätigen Witz hinwerfen konnte, dessen Sinn sie nicht erfaßte. Ihn haßte Jutta manchmal, und sie hätte ihm oft einfach ins Gesicht schlagen mögen. Zum Schluß war noch Ambrosius da, der Neunzehnjährige, ein gutmütiger Bursche, der ihr nie etwas zuleide getan hatte. Er war der einzige, der zuweilen ein gutes Wort für sie übrig hatte, der ihr ein Lachen schenkte, so ganz aus seiner jugendlichen Unbekümmertheit heraus. Ihn, ja, ihn hätte sie vielleicht an ihr Herz nehmen wollen. Aber wenn sie an ihn dachte, dann wurde ihr Blut dabei nicht unruhig.

Jeden Sonntag ging Jutta in die Frühmesse. Seit sie jetzt die schöne, dunkle Tracht besaß, tat sie es viel lieber noch als früher. Sie merkte wohl, daß die Burschen ihr nachzusehen begannen. Wo man sie früher keines Blickes würdigte! Jetzt lohnte es sich scheinbar.

Aber das war nur scheinbar. Es sprach keiner sie an, obwohl sie jederzeit bereit gewesen wäre, Antworten zu geben. Es war einfach eine Grenze da zwischen ihr und den anderen, eine unsichtbare graue Mauer, über die kein Verstehen möglich war. Und nur durch reinen Zufall erfuhr Jutta, weshalb das so war.

Sie kaufte nach der Frühmesse beim Kramer ein paar Kleinigkeiten. Da war auch die Förster Karoline, eine geschwätzige alte Störnäherin, anwesend, die nebenbei Karten legte und aus der Hand las. Für drei Mark konnte man sich von ihr ein Horoskop aufstellen lassen, das hinten und vorne nicht stimmte. Jeden Sonntag ging sie in die Frühmesse und trank anschließend beim Kramer Seidl ihre zwei bis drei Gläschen Eierkognak, weil der angeblich fürs Herz so gut sei.

Die Karolina stand also da, sah zu, wie Zutta Zwirnsfaden, Strickwolle und Haarnadeln kaufte, schwappte ein paarmal mit ihrem Doppelkinn und sagte dann:

»Ich muß grad staunen, wie du dich zusammengewachsen hast.«

Jutta wandte das Gesicht und fragte:

»Wie denn?«

»Sauber halt. Blitzsauber! Die Buben werden nicht schlecht hinter dir her sein, was?«

»Hinter mir ist niemand her«, antwortete Jutta ehrlich und bedauernd zugleich.

»Nicht?« tat Karoline erstaunt. »Als ich so jung war wie du, da sind sie hinter mir hergewesen wie die Wespen! Freilich, bei dir ist es halt doch ein wenig anders. Dir hängt halt doch allweil noch das unglückselige Erbteil deines Vaters nach.«

»Was soll mir nachhängen?« fragte Jutta, die das nicht ganz verstand.

»Na ja, nix für ungut. Aber jeder Bursch, der ein bißl was auf sich hält, wird sich halt sagen, daß dein Vater im Narrenhaus gestorben ist, am Säuferwahn.«

Jutta verstand plötzlich und zog die Brauen hart zusammen.

»Was kann denn ich dafür?«

»Freilich kannst nichts dafür. Aber es ist halt einmal so. Hast du noch nichts gehört von erbkrankem Nachwuchs?«

»Ach, so meinst du es?« fragte Jutta errötend bis unter die Haarwurzeln. »Und das mußt ausgerechnet du mir sagen, die dasteht und in aller Herrgottsfrüh schon Schnaps trinkt! Sei bloß froh, wenn du einmal nicht dorthin kommst, wo mein Vater war.«

Sie nahm rasch ihre gekauften Sachen und schmiß die Ladentür zu, daß das Glöcklein ganz jämmerlich aufschrie.

So also war das? Auf dem Heimweg blieb sie immer wieder stehen und sann diesen Worten nach, die wie ein Fluch geklungen hatten. Weil der Vater eine falsche Spur gegangen und darin schließlich zugrunde gegangen war, darum wollte man auch ihr keinen geraden Weg zubilligen. Sie sollte dies immer und ewig mit sich herumschleppen, es sei denn, sie machte sich auf und ging fort, weithin, wo niemand sie kannte und um ihre Vergangenheit wußte.

Sie saß eine Weile am Bachrand und sah den Wellen zu, die hurtig talwärts sprangen.

Das also ist die Mauer, über die kein Verstehen möglich ist, dachte sie und schob die Unterlippe vor. Darum dieses armselige Magddasein, darum dieses Leben ohne jede Liebe. Und sie war doch voll von Sehnsucht nach Zärtlichkeiten, die nun alle in ihr ersterben mußten, weil es wohl nie einen Menschen geben würde, der sich damit überschütten ließe. Sie war dazu verdammt, im Schatten zu leben, indessen andere in der Sonne wanderten.

Dabei wäre die Welt so schön. Wie ein blauer Baldachin spannte sich der Himmel über dem Ried. Und wenn man in die Tiefe schaute, dann lag es wie grünlicher Goldglanz über dem weiten Moor, in dem leuchtend die schmalen Birkenstämme standen.

Nein, an der Welt lag es nicht. Nur an den Menschen. Von ihnen kam alles Leid, aller Haß und alle Zwietracht. Wohl dem, der die Kraft hatte, sich aus der Masse herauszuheben und eine Persönlichkeit zu sein, der gleich war, was die anderen von ihr hielten.

Jutta hatte die Kraft nicht, würde sie wohl nie haben. Ihr Weg war bereits vorgezeichnet. Er würde über die Höfe der Bauern gehen, und ihr Leben würde sich dereinst im dienenden Magdsein bis zum Ende hin ausfüllen.

Tränen kamen ihr und tropften auf die im Schoß verschlungenen Hände. Aber sie wußte nicht einmal, ob sie über sich selbst weinte, über ihr verpfuschtes Leben oder über die Menschen schlechthin. Nun war ihr etwas leichter hernach, als sie rasch den Berg hinanstieg.

Es ließ sich aber nicht aufhalten. In Juttas Leben war etwas Neues gekommen. Sie sah nun Dinge, die sie vorher nie bemerkt hatte. Ihr Ohr fing Worte auf, denen sie nachdachte. Sie fand Zusammenhänge zwischen diesem und jenem, und sie kam sogar darauf, daß es nicht immer nur an den Menschen allein gelegen hatte, sondern schon auch an ihr. Sie hatte immer zu viel geschwiegen, war nie auf den Gedanken gekommen, daß sie auch ein Mensch sei, der eine eigene Meinung haben könnte.

Da war nun dieser Herr Wohleder mit seiner Frau wieder in die Sommerfrische gekommen. Sie kamen schon drei Jahre zum Hafner ins Ried und bewohnten vier Wochen lang die Königskammer. Jutta hatte nie Notiz von ihnen genommen, und Wohleders vielleicht nur insofern, daß sie ihr manchmal freundlich zunickten oder bei der Abreise ein kleines Trinkgeld verabreichten. Wohleders waren das, was man feine Leute nennt. Sie lebten in einer anderen Welt, die Jutta fremd war. Sie waren voller Rücksichtnahme aufeinander.

»Danke schön, liebe Laura«, sagte der Mann, wenn seine Frau ihm ein Butterbrot strich.

»Es ist sehr lieb von dir, Arthur«, sagte die Frau, wenn er ihr den Sonnenschirm hinter dem Liegestuhl so zurechtrückte, daß ihr Gesicht in den Schatten zu liegen kam.

Ja, voller Rücksichtnahme und voller Zärtlichkeit waren sie zueinander, obwohl sie schon bald zwanzig Jahre verheiratet waren. Arm in Arm wanderten sie über das Ried, saßen einmal da im Gras und einmal dort und schauten zu den Bergen hinaus.

Einmal kamen sie bei Jutta vorüber, die auf der kleinen Breite Gras ausstreute. Sie blieben stehen und nickten ihr freundlich zu.

»Immer fleißig«, sagte Frau Laura.

Jutta wandte das Gesicht und strich sich eine Haarsträhne aus der Stirn. Sonst hatte sie nie Antwort gegeben. Was hätte sie solch feinen Leuten auch antworten sollen? Heute sagte sie:

»Man muß auch, wenn die Sonn scheint. Wir müssen uns nach dem Wetter richten, nicht das Wetter nach uns.«

Schon schwang sie wieder die Gabel. Ihre Bewegungen waren von wundervoller Kraft und Anmut. Es war eine Augenweide, ihr zuzusehen.

Im Weitergehen sagte Laura Wohleder zu ihrem Mann:

»Merkwürdig, erst heute ist mir diese Veränderung bei dem Mädchen aufgefallen.«

»Veränderung? Inwiefern?«

»Na, das sieht doch ein Blinder, daß sie sich zu einer Schönheit ausgewachsen hat. Sie müßte nur etwas mehr Wert auf ihr Äußeres legen.«

»Wirklich? Ich habe nicht darauf geachtet.«

»Laß sie bloß einmal den derben Bauernkittel ablegen und in ein elegantes Kleid schlüpfen!«

»Ich weiß nicht, liebe Laura. Ich glaube, mit solchen Menschen sollte man lieber kein Experiment machen.«

»Wenn ich daran denke, welch tolpatschiges Ding sie vor ein paar Jahren war! Auch gefällt mir ganz besonders, wie sie an dem Hof hängt. ›Wir‹, sagte sie. Wir müssen uns nach dem

Wetter richten. Als ob es ihre Ernte wäre, die sie unter Dach zu bringen hätte. Diese Treue zum Boden, der einem anderen gehört, ist geradezu rührend. Findest du bei unseren Dienstmädchen vielleicht noch diese innige Verbundenheit zum Gemeinsamen? Denke bloß an unsere Anna! Sie muß ihren bezahlten Urlaub haben. Man muß sich jedes Wort vorher überlegen, das man sagt.«

Herr Wohleder wußte zwar genau, daß sich seine Frau kein Wort vorher überlegte, aber er gab ihr recht.

Am anderen Morgen stand er schon frühzeitig auf. Er sah das Mädchen im Stall hantieren und ging langsam über den Hof auf die Wiesen hinaus. Auf der großen Breite ratterte die Mähmaschine. Christian saß auf dem Bulldog, während Robert weiter oben mit der Sense mähte. Wohleder schlenderte langsam am Rain entlang, bog in den Wald ein und kam langsam von der anderen Seite wieder auf den Hof zurück. Gerade kam Jutta mit einem Rechen über der Achsel hinter den Wirtschaftsgebäuden hervor und ging auf die große Breite. Wohleder blieb vor ihr stehen, strich sein Bärtchen und lächelte freundlich.

»Na, schönes Kind, auch schon wieder fleißig?«

»Muß man auch«, antwortete Jutta und wollte an ihm vorbei. Er aber vertrat ihr den Weg.

»So eilig wirst du es doch nicht haben. Hör mal zu, Mädchen: Ich wollte dir eigentlich schon lange etwas sagen, traf dich nur nie allein.«

»So? Was denn?«

»Daß du zu einer Schönheit herangewachsen bist. Wenn ich daran denke, wie du vor ein paar Jahren noch ausgesehen hast – so tolpatschig und hilflos. Und heute bist du eine wirkliche Schönheit.«

Es war das erstemal, daß Jutta so etwas über sich zu hören bekam. Sie wurde davon auf eine seltsame Weise berührt.

Welches Mädchen hört nicht gern, daß es schön sei. Es war ganz gleich, aus welchem Mund das Lob kam. Hier aber kam es aus dem Munde eines Mannes, der es wissen mußte, weil er schon ein reifer Mann war und aus einer Welt kam, in der man sich auf diese Dinge besser verstand als hier.

»Ich habe mir das so durch den Kopf gehen lassen«, sprach Herr Wohleder weiter. Er strich sich sein Bärtchen und machte Hungeraugen. »Wir müssen einmal ganz ausführlich über alles sprechen. Vielleicht an einem späten Abend, wenn alle anderen schlafen. Du wohnst doch noch immer in dem Zimmer neben dem Kuhstall?«

Jutta sah ihn lange an und bewegte nachdenklich die Brauen. Sie begriff, daß dies so etwas sein sollte wie eine Liebeswerbung. Sie hatte immer mit Respekt zu diesem Mann aufgeblickt, mit einer kindlichen Scheu. Und sie hatte ihn bewundert, weil er so rücksichtsvoll war zu seiner Frau, so voller Aufmerksamkeit und rührender Sorgfalt. Von diesem Gedanken her sprangen ihr die Worte zu:

»Was willst denn überhaupt? Du bist ja verheiratet!«

Wohleder räusperte sich, strich sich sein Bärtchen wieder und sah eine Weile auf seine Schuhspitzen nieder. Dann hob er rasch den Kopf und ließ einen tiefen Seufzer hören.

»Ja, leider, mein liebes Kind. Aber es kommt immer darauf an, wie streng man verheiratet ist. Man kann auch in einer Ehe recht einsam sein und sich nach einem Licht sehnen. Und glaub mir – Jutta – ich hab dich lieb...«

Jutta errötete tief. Zum erstenmal sagte ihr ein Mensch, daß er sie lieb habe. Eine Welle von Gutsein ging durch ihr Herz. Gleich aber begriff sie, daß dieser Mann ihr dies nicht sagen dürfe, und das Gefühl des Gutseinwollens verwandelte sich blitzschnell in ein zorniges Aufbegehren.

»Was denkst du dir überhaupt? Zur Ehebrecherin taug ich nicht!«

Sie schulterte ihren Rechen und ging davon.

Dies war ihre erste Begegnung mit einem Mann. Es war eine kleine Enttäuschung. Aber sie kam sich nun nicht mehr so klein und unbedeutend vor; denn wenn der Mann jetzt wohl bereute, was er getan hatte (oder ließ ihn nur sein schlechtes Gewissen doppelt zärtlich und aufmerksam zu seiner Gattin sein?), so mochte er vielleicht doch die Wahrheit gesprochen haben, als er ihr gesagt hatte, daß sie schön sei.

In diesem Bewußtsein trug sie den Nacken jetzt etwas steiler, und ihr Schritt war noch federnder als vordem. Um ihren Mund lag jetzt immer ein weiches Lächeln. Zuweilen sang sie jetzt mit ihrer dunklen, etwas traurigen Stimme. Das alles sahen und hörten die Leute am Hof. Aber sie wußten nicht, woher diese Wandlung kam. Was sie auch nicht wußten, war, daß Jutta jetzt oft vor dem halbblinden Spiegelscherben in ihrer Kammer stand und Zug um Zug ihres Gesichtes genau studierte. Sie fand, daß ihr Mund nicht zu groß und nicht zu klein sei. In ihre gerade Nase war sie fast verliebt. Am schönsten aber fand sie ihre Augen. Sie waren groß und dunkel, und zuweilen sah es aus, als leuchtete in ihnen ein kleines Licht.

Sie flocht ihr Haar im Nacken zu einem Knoten und fand, daß dadurch ihr Gesicht etwas schmaler wirkte. Dann steckte sie wieder die Krone auf oder ließ das Haar offen über die Schultern rieseln.

Die Heuernte war vorüber. Es folgte eine etwas stillere Zeit auf dem Hof. Wohleders waren abgereist. In der Königskammer wohnte jetzt ein jüngeres Ehepaar mit drei Kindern, und eines Tages wurde auch noch die kleine Dachkammer ausgeräumt und ein Bett mit einem Kasten hineingestellt für einen jungen Maler, Günther Halm, der mit Rucksack und Staffelei im Ried erschienen war.

Günther Halm kam aus der Stadt: ein schlanker, fast magerer Mann mit blassem Gesicht. Im Hof wurde er nicht gerade mit großer Begeisterung aufgenommen, denn erstens wollte er für die Dachkammer nicht viel bezahlen, und zweitens hatte niemand von den Hafnerleuten Verständnis für die Kunst. Am frühen Morgen nahm er eine Tasse Milch und ein Stück Brot zu sich. Dann verschwand er mit seiner Staffelei in den Bergen und kam erst am späten Abend zurück. Es dauerte genau acht Tage, bis Jutta ihm begegnete. Da aber hatte sein Gesicht bereits die graubleiche Stadtfarbe verloren und war von Wind und Sonne braungebrannt. Dadurch kamen seine hellen Augen auch sehr zur Geltung. Sie leuchteten übernatürlich auf, als sie Jutta sahen.

»Donnerwetter, Mädl! Du bist genau das, was ich suche!«

Jutta hatte an ihm vorbeigehen wollen. Aber nun blieb sie stehen und sah wie gebannt in seine Augen. Dann kräuselten sich ihre Lippen zu leichtem Spott.

»Und ich, meinst du, hätte genau darauf gewartet, daß du kommst.«

Da lachte er hell heraus.

»Nett wäre es freilich. Aber ich meine es nicht ganz so, wie du es anzunehmen scheinst.«

»Wie denn dann?«

»Ich meinte, für ein Bild wärst du das Modell, das ich seit langem suche.«

Er zündete sich eine kurze Pfeife an und sah über das verglimmende Zündholz in ihr Gesicht. »Tatsächlich, Mädl, ich meine es ernst. Nur, weißt du, bezahlen kann ich halt nicht viel.«

»Bezahlen? Für was denn bezahlen?«

»Fürs Modellsitzen.«

»Ach so.« Sie war barfuß und blickte auf ihre Zehen nieder. Dann warf sie den Kopf zurück. »Meinst du, daß es sich lohnt, mein Gesicht zu malen?«

Er trat einen Schritt näher, griff ihr mit der einen Hand unters Kinn und sah ihr in die Augen.

»Doch, es würde sich schon lohnen, ich bitte doch darum, Mädchen.«

Da wich sie geschickt seiner Hand aus und sprang davon.

In dieser Nacht konnte Jutta keinen rechten Schlaf finden. Irgend etwas machte sie unruhig. Und immer, wenn sie aus einem leichten Halbschlaf aufschreckte, meinte sie, die Augen des Malers zu sehen. Es waren merkwürdig leuchtende Augen, die in sie hineindrangen und auf dem Grunde ihres Wesens die letzten Dinge aufspürten.

Als es zu grauen anfing, erhob sie sich, streifte den derben Rock über und schlüpfte in die Leinenbluse. Es war noch zu früh, das wußte sie. Und wenn sie jetzt in den Stall hinausging, würden sich die Tiere erheben und glauben, daß der Tag schon begonnen habe. Auf einmal fand sie, daß die Bluse für diesen Tag nicht mehr sauber genug sei und der Rock viel zu rauh. Sie kramte in ihrer Truhe und fand etwas Besseres: einen dunklen Faltenrock, eine dünnere Bluse, über die sie ein grünes Samtleibchen ziehen konnte. Ja, das wollte sie anziehen, aber erst dann, wenn sie mit der Stallarbeit fertig war.

Eine seltsame Unruhe war in ihr. Es wollte aber auch schon gar nicht hell werden.

Endlich erklang der erste Vogelruf vom Wald herüber, die Sterne verloren ihren leuchtenden Glanz vor der Helle des Himmels. Jutta ging in den Stall, warf den Kühen Futter vor und begann zu melken. Erst eine Viertelstunde später kamen Therese und Robert, die bei der Stallarbeit helfen mußten. Der Hof war nun zu seinem Tagleben erwacht. Christian fuhr mit dem Bulldog hinaus, und Ambrosius stand im Kleefeld. Seine Sense blitzte im Morgenlicht. Wenn Jutta mit einem vollen Milcheimer in die Kühlkammer hinübereilte, blieb sie jedesmal eine Weile stehen und schaute umher. Alles erschien ihr heute verwandelt. Der Brunnenstrahl rauschte fröhlicher, und selbst die lebensgroße Figur des heiligen Florian in der Mauernische zwischen Stall und Wohnhaus lächelte heute unergründlich mild auf das rote Ziegelpflaster der Hofgrät nieder.

Und auf einmal sah sie ihn am kleinen Fenster der Dachkammer. Er stand mit nacktem Oberkörper vor dem offenen Fenster und reckte die Arme. Gesicht und Hals stachen merkwürdig ab von der Brust, die noch nicht sonnverbrannt war. Jutta stand in der Milchkammer und getraute sich nicht eher wieder heraus, als bis der Mann am Fenster da oben verschwunden war.

Später sah sie ihn in der Küche neben dem Herd sitzen und seine Milch löffeln. Er unterhielt sich gerade mit Amalie, der zweiten Tochter des Hofes, als Jutta mit dem letzten Eimer Milch, der im Hause Verwendung fand, eintrat. Sofort verstummte er und sah sie wieder so merkwürdig an wie gestern. Dann sagte er:

»Guten Morgen.«

Jutta stellte die Milch auf den Rand des Herdes und ging mit gesenktem Kopf hinaus, ohne den Gruß beantwortet zu haben. Sie sagte auch dann nichts, als die Amalie hinter ihr her schrie:

»Hast nicht gehört, daß dir ein guter Morgen gewünscht ist?«

Ach, sie wußte ja selber nicht, warum diese Verlegenheit sie überkommen hatte. Sein Anblick war ihr so schwer in die Glieder gefahren und stürzte sie von einer Verwirrung in die andere.

In der Küche aber sagte die Amalie zu dem Maler:

»Da müssen Sie sich nichts denken, ist halt ein Trampel.«

Günther Halm trank den letzten Rest seiner Milch aus und fragte: »Wer?«

»Na, die Jutta halt. Die bringt ihr Maul nicht auf.«

»Ach so, das Mädchen vorhin. Dabei hat sie solch ein ausdrucksvolles Gesicht. Ich möchte sie malen.«

Die Amalie fuhr herum, wie von einer Natter gestochen.

»Wen? Den Dotschen? Das könnt was Sauberes werden! Malen Sie ein Kalb, das kann auch nicht blöder dreinschaun!«

Der Maler dachte sich sein Teil und wunderte sich über die Taktlosigkeit, mit der dieses Mädchen die Schönheit der anderen herabsetzen wollte. Das Märchen vom Aschenbrödel fiel ihm ein und schien ihm der rechte Vergleich zu sein für seine Beobachtungen.

Häßlich, nein, häßlich waren auch die Amalie und ihre Schwester Therese nicht. Die beiden halfen nur ein wenig nach. Sie hielten etwas darauf, die Töchter des reichsten Bauern in Ried zu sein. Die andere dagegen aber war nur die Magd, ein armseliges Geschöpf in ihrer Hilflosigkeit, halb zertreten schon vom hochmütigen Stolz der anderen.

Günther Halm war klug genug, sich nicht zum Verteidiger eines Menschenkindes aufzuwerfen, von dem er nun deutlich genug wußte, was man von ihm hielt. Es hätte vielleicht nur Spannungen heraufbeschworen, und die konnte er jetzt nicht brauchen. Das billige Zimmer durfte er nicht verlieren, denn er mußte arbeiten, viel arbeiten. Und er brauchte diese weiche, milde Luft der Berglandschaft. Das hatte der Doktor ihm dringend geraten nach der schweren Krankheit im Winter.

Bedächtig stopfte er sich die Pfeife, ging zum Herd, nahm einen brennenden Span heraus und setzte den Tabak in Brand. Als er sich wieder aufrichtete, was das Gesicht Amalies dicht vor ihm. Er lächelte sie an und sagte:

»Ich würde auch dich ganz gern malen.«

Sofort war Amalie wie umgewandelt.

»Ja? Wie denn?«

»Du hast sicher eine schöne Tracht. Vielleicht als junge Bäuerin.«

»Oder vielleicht in der Halbtracht, ohne Hut.«

»Wir wollen einmal sehen«, sagte er.

»Was tät denn dann so ein Bildl kosten?«

»Das käme ganz auf die Größe an. Jedenfalls soll es am Preis nicht scheitern.«

»Ging es um tausend Mark?«

Er hatte nicht einmal an die Hälfte zu denken gewagt. Jetzt wiegte er den Kopf hin und her und sagte dann:

»Ja, um tausend ginge es, weil du es bist.«

Er wandte sich ab und wollte gehen. Da sagte die Amalie noch:

»Also, dann bleibt es dabei. Wann kannst du anfangen?«

»Meinetwegen morgen gleich.«

Im Flur draußen nahm Günther Halm seine Staffelei auf und ging aus dem Haus. »Dumme Gans«, murmelte er vor sich hin und stapfte mit weiten Schritten über den Hof. Nicht einmal sah er zurück, sonst hätte er am kleinen Fenster neben dem Stall ein Mädchengesicht wahrnehmen können, das ihm aus brennenden Augen nachstarrte.

Am anderen Tag ging er tatsächlich daran, die Amalie Hafner zu malen. Das aber war gar nicht so einfach, wie er und Amalie sich das gedacht hatten. Es wurde nichts mit der Halbtracht, denn die Hafnerin legte sich da ganz energisch ins Zeug und tat so, als verstünde sie einen ganzen Haufen von der Kunst.

Die schwere seidene Festtagstracht mußte die Amalie anziehen, den goldgestickten Bänderhut mußte sie aufsetzen, der ganze Familienschmuck wurde hervorgekramt und die Amalie damit behangen wie eine preisgekrönte Kälberkuh.

Am Anfang wollte Halm Protest dagegen einlegen, es widersprach seinem künstlerischen Empfinden. Aber da kam er bei der Hafnerin schön an.

»Das verstehst du nicht«, sagte sie. »Der Schmuck ist so viel Geld wert, daß er mitgemalt werden muß. Wenn ich schon tausend Mark zahlen soll, möcht ich auch was sehen für das Geld.« Sie stieß die Amalie heftig an und raunte ihr zu: »Sag ja dem Vater nichts, daß das Bildl tausend Mark kostet. Er wird vor der Hälfte noch erschrecken. Und das sag ich dir auch gleich, Maler, die Warzen da am Hals, die brauchst gar net mit draufmalen aufs Bildl.«

Günther Halm sagte gar nichts mehr, ergab sich ergeben in sein Schicksal. Er stand bereits außerhalb seines Auftrags, hatte von allem Anfang an keinen Bezug mehr zu dem Werk, das er schaffen sollte. Er schaffte, was die Leute für ihr Geld wollten. Ein schönes Gesicht, eine gute Haltung und viel, viel Schmuck. Eigentlich, das wußte er genau, müßte er ja jetzt alles wegwerfen und sich gernhaben lassen. Aber das konnte er sich nicht erlauben, er hatte kaum Geld und hoffte insbrünstig, daß man ihn wenigstens am Mittagstisch teilhaben lassen werde. Niemand in diesem Hause wußte, wie kümmerlich er lebte, wie er in diesen Tagen um die Mittagszeit bald die und bald jene Almhütte aufgesucht hatte, um für billiges Geld eine Schüssel voll Milch zu bekommen. Milch und Brot, das waren die Hauptnahrungsmittel für ihn geworden. Aber das sollte ja nun bald anders werden. Nur aus diesem Grunde machte er sich jetzt an die Arbeit.

Die Amalie wurde in einen Sessel mit Armlehnen gesetzt und ins Fensterlicht gerückt. Die Falten und Rüschen an der schweren Tracht wurden so gelegt, daß sie zur Geltung kamen. Dann durfte sich die Amalie nicht mehr rühren.

Nach etwa einer Stunde kam der Hafner herein, stutzte und warf dann den Hut auf die Bank.

»Was soll denn das?« fragte er dumm.

»Gemalt werd ich«, sagte die Amalie.

»So, gemalt. Als ob wir sonst keine Arbeit hätten! Du hockst dich brettlbreit da herein und schaust zum Fenster raus. Respekt, das mag ich!«

»Sei doch stad, Vater, wenn er es extra billig für uns macht.«

»Kosten tut das auch noch was? Was denn, wenn man fragen darf?«

Halm hatte bis jetzt teilnahmslos zugehört. Jetzt legte er den Kohlestift weg und wischte sich die Hände ab.

»So geht das nicht, Amalie. Wenn du nicht stillsitzt, kann ich nicht arbeiten.«

»Arbeiten nennt er das!« lachte der Hafner und trat einen Schritt näher an die Staffelei heran. Man sah noch nicht recht viel. »Also, was soll das kosten?«

»Fünfhundert«, sagte die Hafnerin, die in diesem Augenblick die Stube betrat.

Der Bauer fuhr herum.

»Was? Ja, seid ihr denn verrückt geworden?«

»Das verstehst du nicht«, verwies ihn die Frau. »Es gibt Bilder, die kosten zehntausend und mehr. Und schließlich ist so was ein ewiges Andenken.«

»Dank schön für das Andenken, wenn ich fünfhundert Mark blechen soll! Zuletzt kommt die andere auch noch daher und möcht gemalt sein!«

Nun wurde es aber dem Maler zu dumm. Ärgerlich warf er seinen Kohlestift beiseite.

»Es muß nicht unbedingt sein«, sagte er. »Ich habe mich um den Auftrag nicht bemüht.«

Da aber fielen beide Weiber über den Bauern her, schrieen und werkten auf ihn ein, daß er schleunigst seinen Hut nahm und verschwand. Halm aber hatte vorerst die Lust verloren und nahm die Kohlezeichnung von der Staffelei.

»Was ist jetzt? Machst nicht weiter?« fragte die Amalie.

»Nein, es fehlt mir jetzt die innere Sammlung. Wir wollen es am Abend noch mal versuchen.«

Am Abend saß dann die Amalie wieder in der Fensterhelle. Und diesmal wurden beide nicht mehr gestört. Halm arbeitete mit ungeheurem Schwung, er hatte plötzlich Freude bekommen an diesem Bild, zumal die Amalie nun wirklich still dasaß und auch keine Fragen mehr stellte.

Da sah er in einem flüchtigen Aufschauen die Jutta über den Hof gehen. Fasziniert starrte er ihr nach. Ihr schwebendes Schreiten nahm ihn gefangen. Den Nacken gesteilt, ging sie über den Hof hinaus in das Abendrot hinein. Um ihr Blondhaar rieselte es wie Gold. Etwas ganz Merkwürdiges erfaßte ihn, eine innere Stimme rief ihm zu, ihr zu folgen. Und da legte er auch sein Werkzeug schon beiseite.

»Hörst schon wieder auf?« fragte die Amalie.

»Ja, das Licht ist nicht mehr gut. Wir machen aber morgen früh gleich weiter. Es wird jetzt sicher schneller gehen.«

Wenig später ging auch er über den Hof, stieg langsam über die Jungviehweiden hinauf. Hell leuchtete hier noch der Himmel über den Wiesen, und auf den Bergen entzündete eine Flamme die andere. Nur am Waldrand lag blaue Dämmerung. Und aus dieser blauen Dämmerung leuchtete ein kleiner heller Fleck. Dort oben nämlich saß Jutta, hatte die Arme um die aufgezogenen Knie geschlungen und schaute ins Tal hinunter.

Auf einmal ging ein leiser Schreck durch sie hin. Sie hatte den Maler erkannt, sie sah, daß er nun direkt auf sie zukam, und es war ihr zumute, als hätte das Schicksal mit einem Klöppel an eine Glocke geschlagen, die sie nun zu einer großen, unbekannten Stunde aufrief.

Sie wußte nicht, daß er sie hatte fortgehen sehen, betrachtete es als einen reinen Zufall, daß ihn jetzt der Weg hierher führte. Und fühlte plötzlich den kleinen Jubel in ihrem Herzen wieder ersterben, denn es konnte ja immerhin sein, daß er an ihr vorbeiging, weil es für einen solch feinen Herrn nicht schicklich sein mochte, sich mit einem Mädchen ihresgleichen an den Waldrand zu setzen.

Ihr Atem stockte, als es dennoch geschah. Günther Halm hatte eine solche ungezwungene Art, es wirkte alles so selbstverständlich bei ihm. In seinem Lächeln sah er wie ein Knabe aus, der sich auf ein Abenteuer freut. Und ein Abenteuer, so meinte er, sollte dies doch werden. Dieses Mädchen sollte ihm einen Ausgleich schaffen für die Stunden, in der er vor der »faden Nocken«, wie er Amalie bei sich nannte, sitzen mußte. Er rupfte einen Grashalm, steckte ihn zwischen die Lippen und wippte ihn auf und ab. Dann zog er auch wie sie die Knie auf und legte die Arme darum. Kein Wort war bisher noch gefallen. Halm fand, daß der Blick in die Tiefe schön war. Kurz wuchsen alle Dinge noch mal aus der Dämmerung ins Ungeheure, um dann von der Schwärze der Nacht aufgesogen zu werden. Und da erst wandte Günther Halm den Kopf, sah dem Mädchen in die Augen und lächelte. Dieses Lächeln erlosch aber sogleich, als er von einer unerklärlichen Gewalt getrieben in der Tiefe ihres Blickes versank. Hinter ihren dunklen Augen leuchtete ein geheimnisvolles Licht. Ein stilles und gutes Licht war es, das fühlte er. Sein Blick streifte ihren Mund, ihren Hals, der sich so wundersam schlank aus dem Spenzer hob. Er sah ihre atmende Brust und wieder ihre Augen. Da legte er den Arm um ihren Hals und wollte sie an sich ziehen, spürte aber sofort die Abwehr.

»Laß das«, sagte sie. Ihre Stimme war gar nicht so tief wie sonst. Es war, als zittere Angst darin.

»Ach so«, meinte er ein wenig resigniert. »Man ist spröde.« Er legte sich etwas zurück, stützte dann den Kopf auf den Ellbogen und sah nachdenklich in ihr Gesicht. »Dabei glaube ich, daß ich dich liebhabe.«

Um ihren Mund legte sich ein weicher Zug. Sie sah auf ihn nieder, nickte dann ein paarmal nachdenklich und sagte dann:

»Auch dein Mund lügt.«

Das traf ihn ganz merkwürdig. Er richtete sich auf.

»Warum denkst du das?«

»Weil es nicht die Wahrheit sein kann, weil mich noch niemand geliebt hat, und weil gerade du viel zu hoch über mir stehst.«

Günther Halm faßte nach ihrer Hand, und er empfand etwas wie Mitleid, als er merkte, daß diese Hand in ihrer Innenseite rauh und rissig war von der schweren Arbeit. Er hatte bisher nur gepflegte weiße Mädchenhände gekannt.

»Hör einmal zu, Mädchen: Du steckst voller Minderwertigkeitsgefühle und hättest es gar nicht nötig. Was heißt das, daß ich viel zu hoch über dir stehe? Woher hast du denn diese Weisheit?« Er lächelte sie wieder lausbübisch an. »Und warum kann es nicht die Wahrheit sein? Du weißt nicht, daß ich vorhin da unten plötzlich hab alles liegen und stehen lassen, nur weil ich dich über den Hof gehen sah. Ich hab mich auf deine Spur gesetzt. Ich wollte dich treffen, das ist die Wahrheit. Und nun sitzt du neben mir und weißt nicht, ob du mir deine Hand lassen sollst oder nicht.«

Statt aller Antwort schob sie ihre Hand tiefer in die seine. Das Leuchten in ihren Augen wurde noch schöner.

»Wäre das schön, wenn es so wäre«, flüsterte sie.

»Du mußt ja nicht schlecht enttäuscht worden sein, weil du es nicht glauben willst.«

»Glauben, glauben!« rief sie aus. »Du kommst aus einer ganz anderen Welt; wie soll mir denn erklärlich sein, daß du meinetwegen den Berg heraufgelaufen bist, und daß du mich...« sie stockte ein wenig und schloß die Augen. »Sag noch einmal, daß man mich liebhaben könnte.«

Er legte das Gesicht auf ihre Hand, dann strich er mit den Lippen über ihre Finger hin.

»Ich will es dir anders sagen«, meinte er nach einer Weile. »Ich glaube nämlich jetzt nicht allein, daß ich dich liebhaben könnte. Ich hab dich nämlich wirklich lieb.«

»Warum?« fragte sie streng.

»Nun fang nicht an mit dem albernen Warum! Entweder fühlt man, daß man liebt, oder man ist so dumm und legt eine Partie Karten, um das Orakel zu befragen, was man tun soll. Warum bist du denn so voller Mißtrauen?«

»Mißtrauen ist es nicht.«

»Dann ist es Angst?«

»Ja, vielleicht ist es Angst«, bestätigte Jutta.

»Wie kann man denn nur vor der Liebe Angst haben?«

»Nicht vor der Liebe, sondern vor dem, was nachher kommt. Heiraten würdest du mich ja nie. Du gehst wieder fort, und ich müßte dir ewig nachweinen und würde vielleicht vor Sehnsucht dann sterben.«

Einen Augenblick war er wie ernüchtert. Donnerwetter, dachte er, die geht ja gleich aufs Ganze! Spricht vom Heiraten, als gäbe es keine Zwischenstufen! Dann aber war dieses Unerklärliche wieder da, das ihn zu ihr hinzog. Ihm war, als hätte ein Zauber ihn eingesponnen, dem er sich nicht mehr entziehen konnte.

»Du siehst zuviel Schatten«, sagte er.

»Du redest leicht daher«, lächelte sie. »Bist sicher studiert und kannst die Worte setzen, wie es dir paßt. Ob ich sie verstehe und damit zurechtkomme, danach fragst du nicht.«

»Ich kann es dir auch anders sagen«, lachte er fröhlich.

»Ja – wie denn?«

»Schau her, so...« Und ehe sie an ein Wehren denken konnte, hatte er sie an sich genommen und bedeckte ihren Mund mit heißen Küssen. Ihre Lippen blieben fest geschlossen, sie kamen ihm in keiner Weise entgegen. Ein wenig enttäuscht ließ er von ihr ab.

»Das ist gar nichts, mein Kind. Hast du denn noch nie in deinem Leben geküßt?«

Sie schüttelte den Kopf und sah ihn beinahe schmerzlich an. Und dann erst breitete sich ihr Mund zu einem wundersamen Lächeln. Er blühte ihm entgegen, ihre Arme streckten sich zögernd und legten sich um seinen Hals. Fest zog er sie an sich. Noch nie hatte er eine solche Seligkeit im Auge eines Menschen erblickt. Er erschrak. Was sollte denn das werden? Für das Abenteuer, das er eigentlich suchen wollte, war diese Seligkeit zu viel. Aber sollte er sich jetzt darüber große Gedanken machen? Wieder bedeckte er ihren Mund mit Küssen.

»Liebst du mich?« stellte er die alte, ewige Frage.

»Das – weiß ich doch noch nicht. Aber ich glaube, daß ich dich einmal lieben werde, und dann wird es schwer sein für dich.«

»Schwer ist nur das, was man nicht fassen kann«, antwortete er und fühlte dabei, wie sie immer anschmiegsamer wurde. Es war jetzt schon so, daß sie den Mut fand, auch ihn fester zu umfassen. Auf einmal zuckte ihre Hand zurück, als sie auf seinem Hemd unter dem Herzen gelegen hatte.

»Man kann deine Rippen zählen«, sagte sie. »Hungerst du?«

»Mitunter ja«, gab er zu. »Aber das wird jetzt bald vorbei sein. Ich war auch diesen Winter lange krank und habe das Gewicht noch nicht aufgeholt.«

»Warum hast du nicht gesagt, daß du hungerst?«

»Zu wem? Zu dir?«

»Ja, zu mir.«

»Du hast doch selbst nicht viel.«

»Ich hätte für dich gestohlen. Eier und Rauchfleisch und Butter.«

Sie wußte nicht, daß sie damit ihre Liebe zu ihm eingestand.

»Obwohl du mich nicht liebst?« fragte er lächelnd.

»Ach du – ich hab dich doch lieb. Vom ersten Augenblick an schon.«

»Ist das die Wahrheit?«

»Es ist so wahr, wie daß ich dich umbringe, wenn du mich wegwerfen willst.«

Seine Hand zuckte erschrocken von ihrem Haar zurück. Etwas Dunkles wehte ihn aus ihrem Innern an, stieß ihn ab, zog ihn wieder mächtig an.

»Du drückst dich ein wenig drastisch aus. Wegwerfen sagt man nicht. Einen Stein wirft man weg, ja, ein Stück Holz oder ein altes Wäschestück. Aber doch keinen Menschen.«

»Ach, ich weiß schon, daß ich nicht alles so sagen kann, wie ich es möchte. Du mußt Geduld haben mit mir, und du sollst mir erzählen, wie das wirkliche Leben ist. Wie ist es denn?«

»Schön, Mädchen. Sehr schön, besonders wenn man liebt.«

»Wenn man liebt, ja. Und es wäre demnach so, daß ich dich liebhaben und küssen kann, wann ich will?«

»Wenn du es nur recht oft wolltest.«

»Vielleicht wird dir mein Lieben einmal zu viel werden.«

Da umfing er sie wieder. Es war wie ein seliger Rausch, in dem die Sterne keine Sterne mehr waren, sondern Ampeln, die über ihnen flimmerten. Und das Flüstern des Nachtwindes in den Zweigen hörte sich an, als sänge ganz leise ein Engelchor in der Tiefe des Waldes.

Irgendwo weit hinten lag für Jutta das alte armselige Leben. Seit der Traum Wirklichkeit geworden war, hatte sie kaum mehr einen Gedanken übrig für das versunkene Dasein. Günther Halm hatte ihr Leben völlig verwandelt. Und seit dieses Neue von ihr Besitz ergriffen hatte, seit sie liebte und geliebt wurde, erschien ihr alles, was sie vorher jemals getan oder gedacht hatte, lächerlich. Was hatte sie denn schon gewußt vom Geheimnis und Wunder des Lebens? Doch nur das, was die heißen Sommer und die frostklirrenden Winter über ihr Magdsein ausgeschüttet hatten. Erst wer liebt, kann erkennen, was das Leben an Köstlichkeiten birgt.

Jetzt, da sie mitten im Rausch dieser Liebe lebte, erkannte sie erst, wie sehnsüchtig sie darauf gewartet hatte. Es waren Tage und Nächte voller Glück. Und dieses Glück erhielt seine ganze Tiefe erst von dem her, daß es ein süßes Geheimnis war, das niemand am Hofe ahnte.

Alle beide trugen sie ihre Liebe tief in sich verborgen. Günther malte am Tage wie besessen an den Bildern der beiden Hafnertöchter. Abends aber, im Schein des letzten Taglichts, arbeitete er an einem Porträt Juttas. Sie saßen dann oben am Waldrand. Wilde Schaffenslust hatte ihn überfallen. Noch nie hatte er an einem Bild mit solcher Begeisterung gearbeitet.

So lebten sie wie zwei Verwunschene in einem Märchen, die man vergessen hatte, in die Wirklichkeit zurückzurufen. Und der Zauber dieser gesegneten Sommerabende entfaltete sich Ihnen, als ob die Natur auch noch das ihrige dazu beitragen wollte, um das Märchenglück dieser zwei Menschen nicht zu stören.

Ja, auch den Maler hatte es mit einer sonderbaren Gewalt in diese Liebe getrieben. Gewiß, er liebte nicht das erstemal, er war zu sehr Künstler, um der Blumen nicht geachtet zu haben, die an seinem Wege blühten. Aber es war ihm noch nie ein Mädchen begegnet, das ihn derart gefesselt hätte. Immer wieder entdeckte er etwas Neues an ihr. Und es war nicht immer etwas Sanftes, nein, manchmal schien bei ihr vitale Kraft aus Urtiefen aufzusteigen, von denen er nichts ahnte. Ihre Leidenschaft erfaßte ihn wie ein Sturmwind. Dann aber strömten ihre Zärtlichkeiten wieder sanft hin wie bei einem Kinde.

»Sag mir, wie ich lieben muß, damit du glücklich bist«, verlangte sie.

»Bleib so, wie du bist«, antwortete er. »Gerade das Natürliche an dir ist das Wunderbare.«

»Dann sag mir wenigstens, was ich tun muß, um dir immer zu gefallen.«

Oh, er hatte ihr schon alles gesagt, was es zu sagen gab in dieser Hinsicht. Sie pflegte Ihr Haar jetzt ordentlich, legte großen Wert auf ihre Kleidung, ging nicht mehr barfuß und hatte sich abgewöhnt, ihm ins Wort zu fallen. Er hatte eine kleine Erziehungsarbeit an ihr geleistet, ihr Selbstbewußtsein hatte sich ungeheuer gesteigert, und hätten die anderen am Hofe Augen dafür gehabt, so hätten sie es merken müssen.

Manchmal allerdings war sie recht unbequem. Da stiegen ihre Forderungen ins Maßlose. Da verlangte sie zum Beispiel, daß er niemals wieder eine andere in den Arm nehmen dürfe. Sie verlangte ganz plötzlich und ohne jede Einleitung, zu wissen, was er soeben gedacht habe.

Nun will sie auch schon meine Gedanken in Beschlag nehmen, dachte er. Er fühlte sich in seiner Freiheit beengt und antwortete voller Unwillen, vielleicht schärfer, als er es gewollt hatte:

»Du bist wohl nicht ganz klar im Kopf, was?«

Jutta erbleichte. Ihr Gesicht veränderte sich so sehr, daß Günther, starr vor Staunen, sich gar nicht entschuldigen konnte. Ja, es tat ihm bereits leid, es gesagt zu haben.

Sie sprang auf und ergriff einen dürren Ast. Sie trat auf ihn zu. Angst und getretener Stolz, so schien es Günther, sprachen aus ihrem Blick.

»Sag das noch einmal –« sagte sie starr, »dann schlage ich dir den Stecken ins Gesicht...«

Das war zuviel. Günther räumte die Staffelei zusammen, sah sie nicht mehr an und ging schweigend den Berg hinunter.

Droben aber am Waldrand saß Jutta jetzt wimmernd am Boden, von einer grenzenlosen Not geschüttelt. Sie begriff, daß es furchtbar und sinnlos gewesen war, was sie getan hatte. Wie, wenn er jetzt fortginge? Für immer fortginge? Dann hatte doch ihr Leben keinen Sinn mehr?

Dieser Gedanke jagte sie hoch. Wie gehetzt rannte sie den Berg hinunter, ihm nach, sank stumm zu seinen Füßen nieder und umklammerte seine Knie.

»Bitte, verzeih mir. Ich sag nie mehr so was.«

»Du mußt nicht meinen, daß ich deine Launen ertragen will.«

»Nein, nein, nie mehr! Ich schwöre es dir, Lumperl!«

Da war er wieder, der Kosename, der ihn so seltsam berührte, weil niemand ihn so zärtlich aussprechen konnte.

»Schwöre lieber nicht.«

Da sprang sie auf, warf sich an seinen Hals und bebte vor Schluchzen.

»Wenn du mich nicht mehr lieb hast, dann sterbe ich. Warum bist du denn so häßlich gewesen zu mir?«

Er mußte lächeln. Dieses Mädchen! Jetzt drehte sie auch noch alles um. Wer hatte denn mit dem Stecken gedroht? Wenn er sie nur nicht wirklich so lieb hätte! Er nahm ihr Gesicht in die Hände und betrachtete sie lange. Ein Rätsel ist sie, dachte er. Man wird nicht klug aus ihr. Sie spürte die Wärme ihres Atems, ihr Mund lag unter seinem Mund, und der Abend wurde wieder groß und feierlich.

Ja, so war ihre Liebe. Das Bild aber ging in diesen Tagen seiner Vollendung entgegen. Und was Günther Halm am Anfang selbst nicht geglaubt hatte, es wurde das beste, das er je gemalt hatte. Es war ein Gesicht von herber Strenge. Und doch zeigte der Mund mit der kaum wahrnehmbar stärkeren Unterlippe tausend verborgene Zärtlichkeiten. In ihren Augen aber leuchtete die stille Kraft einer großen Seele.

Der Kopf mit den blonden Haarflechten, von denen eine kleine Locke in die Stirn fiel, war ein klein wenig zur Seite geneigt, wie in leichter Müdigkeit nach einem Tag im schweren Erntesommer.

Die beiden Bilder der Hafnertöchter hingen nun auch fertig in der großen Stube. Es waren gutgekonnte Porträts, flimmernde Bilder mit viel Silberschmuck. Und doch, es waren seelenlose Gebilde, kein Vergleich zu diesem Bilde der Magd, das außer Jutta allerdings niemand zu sehen bekam.

Durch das Honorar, das Günther Halm für die beiden Bilder bekommen hatte, konnte er sich jetzt ein besseres Leben leisten. Er ging ins Dorf hinunter zum Essen, kaufte sich einige neue Kleidungsstücke und verlor die letzten Spuren seines winterlichen Krankseins. Braungebrannt ging er über die Wiesen, lag stundenlang in der Sonne und traf sich abends mit Jutta.

Jutta aber blühte in dieser Zeit zu ihrem schönsten Weibstum auf. Das war so offensichtlich, daß es selbst den Leuten am Hafnerhof nicht mehr entgehen konnte. Christian sah sie manchmal sinnend an, und es kam ihm nicht mehr in den Sinn, ihr ein spöttisches oder grobes Wort hinzuwerfen. Die beiden Töchter aber fühlten sich irgendwie bedrückt, sie merkten die Wandlung, die mit Jutta vorgegangen war, konnten aber nicht ergründen, woran es lag. Sie fühlten sich von ihr in den Schatten gedrängt, schrieben ihr in ihrer Einfalt geheimnisvolle Kräfte zu und ahnten nicht, daß nur die Liebe allein es war, die sie so gewandelt hatte.

An einem Vormittag sah Jutta, wie Günther einen Brief bekam. Sie sah auch, daß er blaß wurde und gleich darauf brennend rot. Dann steckte er den Brief in die Tasche und ging davon. Eine dumpfe Angst bemächtigte sich ihrer. Irgendwie fühlte sie, daß dieser Brief wie ein Schicksal war. Sie sah, daß er mit eingezogenem Kopf bergwärts ging und dann im Wald verschwand. Dort erst hatte Günther Halm den Mut, den Brief zum zweitenmal zu lesen.

»Mein lieber Günther! Ich bin in Unruhe, weil Du so lange nicht geschrieben hast, und glaubte auch schon in Deinem letzten Brief etwas herauszufinden, dem die sonstige Herzenswärme fehlte. Nun bin ich zwar weit davon entfernt, anzunehmen, daß sich Dein Herz mit anderem beschäftigt. Dazu sind wir durch soviel Gemeinsames zu sehr verbunden. Und es ist durchaus kein Mißtrauen, das mir heute die Feder in die Hand zwingt. Aber es geht nicht anders, Günther. Du mußt zurückkommen, und zwar bald. Ein Irrtum ist ausgeschlossen. Ich bin im zweiten Monat, und wir müssen sofort heiraten. Zu gern hätte ich Dir den Aufenthalt in den Bergen noch vergönnt, ich weiß, wie nötig er zur völligen Wiederherstellung Deiner Gesundheit ist. Vielleicht kannst Du noch mal ein paar Wochen dorthin zurückgehen. Im Augenblick aber muß ich Dich hierhaben, muß mit Dir alles durchsprechen. Ich fühle mich so vereinsamt in meinem Zustand. Ober wenn Du meinst, komme ich über Sonntag zu Dir. Auf alle Fälle schreibe sofort, was ich tun soll. In der Zwischenzeit verbleibe ich mit herzlichen Grüßen und Küssen immer Deine Anneliese.«

Langsam zerriß Günther Halm den Brief in kleine Fetzen, scharrte mit dem Fuß ein Rasenstück fort, legte die Fetzen darunter und deckte den Rasen darüber. In seinem Gesicht stand Ärger darüber, daß die Vergangenheit wagte, ihn über den weiten Raum her anzurufen. Und zwar in einer so zwingenden Form, daß es sein Gleichgewicht durcheinanderbrachte.

Anneliese! Wer war denn Anneliese! Ein tüchtiges Mädel, gewiß, schlank, dunkel, mit einem unnachahmlichen Charme. Es hatte seine Eitelkeit geschmeichelt, mit ihr Arm in Arm durch die Stadt zu gehen. Andere hatten ihn beneidet.

Und wenn er ehrlich war, mußte er zugeben, daß sie bei seiner schweren Erkrankung rührend um ihn bemüht war. Er hatte sie gern gehabt, sie war aus achtbarer Familie und hatte oft genug ein tapferes Herz bewiesen, wenn man ihr einreden wollte, daß ihr Verhältnis zu einem mittellosen Maler sinnlos sei. Immer hatte er gedacht, daß sie einmal die Gefährtin seines Lebens werden sollte. Und nun war dieses mit Jutta gekommen, dieses einzigartige Erlebnis, das wie ein Wunder war und doch so erdverhaftet, als hätte diese Liebe vor Jahrtausenden schon Wurzeln geschlagen, um jetzt erst zu ihrer ganzen Schönheit aufblühen zu können.

Eigentlich brauchte er nicht lange zu überlegen. Wunderbar klar und einfach war das alles. Ein Verzicht auf Jutta kam ihm nicht in den Sinn. Er spürte, daß gerade ihre Art es war, die ihn in seinem Schaffen beflügelte, und daß er Impulse von ihr empfing, die er früher nie gekannt hatte. Er würde Anneliese das alles ganz ehrlich sagen. Vielleicht verstand sie ihn. Nein, sie mußte ihn einfach verstehen. Es würde Tränen geben, das war anzunehmen. Aber man durfte sich nicht durch Tränen das ganze Leben verbauen.

Am Nachmittag begegnete er Jutta im Hof. Sie hatten es so abgemacht, daß sie nie zusammen stehenbleiben und sprechen würden, wenn anzunehmen war, daß jemand sie beobachtete. Sie gingen stets nur mit einem Lächeln aneinander vorbei. Heute aber spürte Jutta sofort, daß sein Lächeln nicht echt war. Es war ein wenig schmerzlich. Mit allen Fasern fieberte sie der Dämmerung entgegen, wo sie sich hinter den Wirtschaftsgebäuden wieder trafen.

Beim ersten Kuß merkte sie sogleich die Fremdheit, die sie aus seinem Innern so eiskalt ansprach. Beim zweiten fühlte sie es noch deutlicher. Beim dritten Kuß aber schob sie ihn unsanft von sich.

»Was hast du, Lumperl?«

»Nichts, was soll ich haben?«

»Du lügst schlecht, Lumperl. Warum sagst du mir nicht die Wahrheit? Warum sagst du nichts von dem Brief, den du heute bekommen hast?«

»Der Brief? Ach ja – der Brief.« Er sah eine Weile zu Boden, dann umschlang er sie plötzlich in heftiger Aufwallung. »Was hat das mit uns beiden zu tun? Ich möchte doch ohne dich nicht mehr leben!«

»Warum sagst du nicht, von wem der Brief war?«

Es dauerte lange, bis er es herausbrachte.

»Ich muß für einige Tage verreisen, Jutta.«

Jutta durchzuckte es wie ein Schlag.

»Hängt das mit dem Brief zusammen?«

»Ja, mit dem Brief. Meine –« Ach, es war ja so erbärmlich, daß er jetzt in die Lüge flüchten wollte. Er fühlte, diese Liebe ertrug keine Lüge, und wußte doch keinen Ausweg. »Meine Mutter – ist krank geworden.«

»Dann mußt du fahren«, antwortete sie ohne zu überlegen. »Eine Mutter geht allem anderen vor. Du kommst doch wieder?«

»Natürlich«, antwortete er mit solchem Eifer, daß sie mißtrauisch wurde.

»Und du schreibst mir auch gleich, wie alles ist?«

»Ich werde dir schreiben.«

»Vergiß nie, daß ich mich unendlich nach dir sehnen werde.«

»Nicht ärger als ich mich nach dir!«

Und als sie nun sein Gesicht umschloß und ihn küßte, da schwor er sich wieder, sie nicht zu verlassen.

Die Wochen gingen dahin. Über die ausgetrocknete Erde knarrten schwere Erntewagen. Mensch und Tier seufzten unter der glühheißen Sonne. Jutta Freiberger aber trug noch viel

Schwereres als diese Hitze der Tage. Ihre Wangen wurden schmal, sie aß kaum mehr etwas, und in den Nächten wälzte sie sich oft stundenlang von einer Seite auf die andere.

Günther Halm war seit drei Wochen fort und hatte bisher noch kein Sterbenswörtchen von sich hören lassen. Dann aber vernahm sie einem Gespräch der Bäuerin, daß der Maler geschrieben habe, sie brauchten ihm das Dachzimmer nicht mehr zu reservieren, weil es ihm augenblicklich unmöglich sei, zu kommen.

Jutta wurde weiß bis in die Lippen hinein, legte den Löffel weg und ging hinaus.

»Was hat sie denn jetzt?« fragte der Hafner hinter ihr her.

»Was weiß denn ich?« antwortete die Bäuerin.

»Spinnen wird sie halt wieder«, sagte Amalie. Nur Christian glaubte einen Zusammenhang zu finden, denn er hatte den Maler und Jutta am Waldrand sitzen sehen. Aber er sagte nichts.

Jutta ging mit müden Schritten durch die Mittagsglut auf den großen Acker hinaus. Es gab dort zwar nichts zu tun; sie ging rasch dahin, als wollte sie vor etwas davonlaufen. Aber gab es denn eine Flucht vor dem Schicksal?

Davongelaufen war nur einer. Und sie war zurückgeblieben. Er hatte sie zurückgelassen, so wie man einen nutzlosen Gegenstand zurückläßt und vergißt. Warum schrieb er nicht? Er hatte es ihr doch versprochen! War alles Lüge gewesen?

Nein, schrie ihr Herz und wand sich vor Leid und Scham. Wie traumwandelnd ging sie durch diesen Nachmittag. Sie arbeitete und wußte kaum, was sie tat. Es war nur eine mechanische Tätigkeit der Hände, die Gedanken waren nicht dabei und noch viel weniger das Herz. Dann kam die Stunde vor der Dunkelheit. Das war bisher immer ihre schönste Stunde gewesen, denn in ihr grüßten sie die Erinnerungen dieses kargen Liebessommers. In solchen Stunden war sie mit ihrem Lumperl beisammen gewesen. Die Welt war ringsum so still gewesen, war umflossen von der Schönheit dieser Erde und getragen von der glücklichen Fülle ihrer Herzen.

Sie weinte plötzlich in rückhaltlosem Schmerz.

So ganz allein war sie nun, weil sie fühlte, daß der Mann ihrer Liebe wohl nie mehr kam. Sie verkroch sich in die Dunkelheit ihrer Kammer wie ein Tier, das Angst hat vor der Nacht. Schlafen konnte sie freilich nicht. Nur so leicht dahindämmern, immer wieder aufgeschreckt, als hätte sie aus der Nacht etwas angerufen.

Aber es rief niemand mehr nach ihr. Und es beugte sich kein braungebranntes Gesicht über das ihre, es suchte kein Mund mehr den ihren. Sie war wieder in das Dunkel zurückgeschoben worden, aus dem sie gekommen war.

Der Mann aber, an den sie so sehnsüchtig dachte, saß in den Abendstunden dieses Tages in einem hellen Raum mit weißgedeckten Tischen. Er sah gut aus in dem schwarzen Frack und der weißen Seidenschleife. Nicht weniger gut auch die junge Frau an seiner Seite. Um die lange Tafel herum saßen Freunde und Freundinnen des Brautpaars, das am Morgen in der Kirche mit feierlichem Ja bekundet hatte, daß sie einander fürs Leben angehören wollten.

Im Nebenraum spielte leise Musik. Es wurde getanzt und Sekt getrunken. Und daß dies so sein konnte, lag nur daran, daß der Maler Günther Halm sein Porträt »Die junge Magd« äußerst günstig hatte verkaufen können. Es hing nun in der großen Kunstausstellung und wurde täglich von Hunderten bewundert. Mit diesem einzigartigen Porträt war ihm der große Wurf gelungen. Es mangelte ihm nicht mehr an Aufträgen.

Ja, Jutta hatte ihm Glück gebracht. Glück im doppelten Sinne. Das, was er heute hier in der festlichen Runde zur Schau trug, war nicht ganz das tiefe, berauschende Glück jener Sommertage. Wenn er daran dachte, und er dachte gerade an diesem Tage oft daran, dann zogen sich seine Brauen schmerzlich zusammen. Es war ihm nicht ganz wohl in der Haut.

Ursprünglich hatte er auch auf den Hafnerhof zurückkehren wollen. Aber dann waren hier die Ereignisse über ihm zusammengeschlagen. Es gab keinen Ausweg mehr für ihn, er konnte Anneliese nicht allein lassen in ihrer Bedrängnis. Der Vater des Mädchens war bei ihm erschienen und hatte gedroht. Es war die Mutter bei ihm erschienen und hatte geweint. Was hätte er tun sollen?

So trug er die Erinnerung an die herrliche Liebe zu Jutta Freiberger in seinem Herzen und hatte nur die Hoffnung, daß diese Bilder, die ihn so bedrängten, mit der Zeit ihre Leuchtkraft verlieren würden.

Manchmal war er nahe daran gewesen, Jutta offen alles zu schreiben. Aber er kannte ihren unbestechlichen Sinn für Gerechtigkeit, ja, sie würde es eben so auffassen, daß er nur einen Zeitvertreib gesucht hatte und daß ihm Spiel gewesen wäre, was bei ihr in die letzten Tiefen ging. Da ließ er es sein. Schweigen war das Beste in diesem Fall. Jutta würde sich dank ihrer starken Natur mit dieser Enttäuschung abfinden und sich über das Leid trösten.

Dies aber war der große Irrtum des Malers Günther Halm. Jutta fand sich mit ihrer Enttäuschung nicht ab. Kam er nicht, so wollte sie zu ihm kommen. Zumindest mußte das ausgesprochen werden, Aug in Aug. Sie konnte es nicht ertragen, daß der liebste Mensch der Welt sie einfach von sich gestoßen haben sollte. Und so erklärte sie eines Abends, daß sie am nächsten Sonntag in die Stadt fahren werde. Den Briefumschlag mit der Anschrift des Absenders hatte sie an sich gebracht.

Im Morgengrauen des folgenden Sonntags ging sie den

weiten Weg zur Bahnstation. Sie trug die dunkle Festtagstracht mit dem Bänderhut und dachte wehmütig daran, daß er sie darin eigentlich noch hatte malen wollen. Bevor sie in den Wald einbog, blieb sie stehen und blickte zurück zum Ried. Wenn er sagt, ich soll bei ihm bleiben, dachte sie, dann kehre ich nie hierher zurück.

Zum erstenmal fuhr Jutta Freiberger mit der Bahn. Je weiter der Zug sie ins Land hinaustrug, desto ängstlicher begann ihr Herz zu klopfen. Sie hatte plötzlich Angst, daß sie ihn nicht antreffen könnte. Es war ein schöner Sonntag. Sicher würde er irgendwo hingefahren sein zum Malen. Ich hätte doch besser einen Regentag genommen, dachte sie. Oder einen Werktag.

Der Schaffner kam und kontrollierte die Karten. Ihn fragte sie:

»Wann komm ich in München an, bitt schön?«

»Achtuhrfünfunddreißig.«

Halb neun, dachte sie und zog den Umschlag wieder heraus. »Westendstraße 18«, las sie und fragte dann zaghaft ihren Sitznachbar, wo die Westendstraße sei. Der kannte sich aber in der Stadt nicht aus und riet ihr, am Bahnhof zu fragen und dann mit der Trambahn hinzufahren.

In der Westendstraße wurde ihr gesagt, daß Günther Halm schon vor vier Wochen ausgezogen sei und nun in der Kaulbachstraße wohne. Das war aber entgegengesetzt, und von den Türmen der Stadt schlug es gerade halb zehn Uhr, als Jutta vor einem schmiedeeisernen Gartentor stand, an dem zu lesen stand, daß hier Betteln und Hausieren verboten sei. Außerdem stand unter einem halben Dutzend Namen auch der Name des Malers Günther Halm.

Ihr Herz klopfte nun doch recht ängstlich, als sie den Daumen auf den Klingelknopf setzte. Ein leises Surren, das Gartentor öffnete sich wie von selbst, und Jutta ging nun rasch den breitgepflasterten Weg durch den Garten zum Haus. Ihre eisenbeschlagenen Stöckel klapperten hart und hell auf dem Pflaster.

Bei der Haustür war wieder ein Schild und sie las, daß man bei Halm dreimal läuten müsse. Wieder sprang die Tür von allein auf, und Jutta stieg in den dritten Stock hinauf. Dort aber hatte sie einen Schreck, der ihr alle Glieder lähmte. Unter der geöffneten Wohnungstür stand Günther Halm, und sie sah, wie er bei ihrem unverhofften Anblick kreideweiß wurde. Sie blieb auf dem vorletzten Treppenabsatz stehen und lächelte ihn nun an, ganz unbeschwert. In ihrem Lächeln lag bereits die Verzeihung für alles.

Aber im Gesicht des Malers änderte sich nichts, es blieb eine starre Maske. Schließlich nahm Jutta noch die zwei Treppenstufen und trat nahe zu ihm hin.

»Da bin ich«, sagte sie mit einer Stimme, die ein wenig spröde klang vor Ängstlichkeit. »Freust du dich denn nicht, Lumperl?«

»Ja doch, ja doch. Natürlich«, stotterte er. In sein Gesicht kehrte allmählich die Farbe zurück. »Hast du doch hergefunden?«

»Ich würde dich auch am Ende der Welt gefunden haben.«

»Ja, du schon.« Er fuhr sich mit der Hand über die Stirn. Da sah sie seinen Ring und schrie leise auf.

»Was ist das? Bist du verheiratet?«

»Schrei nicht so! Bitte, geh hinunter und warte an der Ecke auf mich. Ich werde dir alles erklären.«

»Danke, du brauchst mir gar nichts mehr zu erklären. Ich weiß schon genug. Und ich bin auch kein Mädchen, das an Ecken wartet. Das solltest du wissen.«

»So war es nicht gemeint. Nimm doch Vernunft an.«

In diesem Augenblick tönte aus der Tiefe des Flures eine Stimme:

»Günther, mit wem sprichst du denn?« Gleichzeitig wurde eine Tür geöffnet. Ein heller Schein fiel auf den düsteren Flur. Jutta sah eine junge Frau näherkommen. Sie wollte flüchten, über die Treppen hinunterhetzen. Aber ihre Füße waren wie in den Boden gerammt. Es war für eine Flucht zu spät.

»Bloß keine Szene jetzt«, flüsterte Günther ihr zu. Da lächelte sie kalt an seinen Augen vorbei. Für was hielt er sie denn? Sie war doch keine dumme Gans, die losheulen würde.

Da stand die junge Frau bereits neben ihrem Mann und sah das junge Mädchen in der dunklen Seidentracht mit unverhohlener Neugier an. Günther Halm riß sich zusammen.

»Das ist Jutta Freiberger. Ich habe dir doch erzählt von ihr. Sie saß Modell für mein Bild ›Junge Magd‹.«

Frau Anneliese Halm war keine komplizierte Natur. Sie lächelte das fremde Mädchen frei und offen an.

»Jetzt erkenne ich das Gesicht!« Und sich an Günther wendend, fragte sie: »Warum läßt du denn das Mädchen hier draußen stehen? Kommen Sie, Fräulein, Sie können gleich mit uns frühstücken!«

Ehe Jutta noch etwas erwidern konnte, hatte Frau Anneliese den Arm unter den ihren geschoben und führte sie in das Wohnzimmer. Sie wurde in einen Stuhl genötigt, Frau Anneliese schenkte ihr Kaffee ein und bot ihr Kuchen an.

»Das ist aber nett, daß Sie uns aufsuchen! Sind Sie zufällig hier in der Stadt?« fragte die junge Frau.

»Ja, zufällig«, hörte Jutta sich lügen. Das freundliche Entgegenkommen der jungen Frau, der gediegene Reichtum ringsum verwirrten sie sehr. Sie war wie geistesabwesend und begriff immer noch nicht ganz, daß der Mann, der ihr soeben die Zuckerschale reichte, ihr geliebter Lumperl war, mit dem sie am Waldrand gesessen hatte. Dieser liebe Mensch, für den sie jederzeit bereit gewesen wäre zu sterben, hatte sich von ihr abgewandt. Wie verloren sah sie auf seine schlanke Hand, die jetzt die Zuckerschale wieder zurückstellte. Und dann hörte sie ihn sagen:

»Und sonst ist alles in Ordnung im Ried?«

»Ja, alles ist in Ordnung«, antwortete sie gehorsam und dachte: Bis auf mich ist alles in Ordnung...

»Wissen Sie, daß mein Mann mit Ihrem Bild das große Los gezogen hat?« fragte jetzt die Frau.

»Nein, das weiß ich nicht. Aber es freut mich. Dann braucht er jetzt nicht mehr zu hungern.«

»Hungern?« fragte Frau Anneliese und sah peinlich berührt auf ihren Mann.

»Ja«, antwortete Günther rasch. »Es ging mir schlecht damals, und Jutta hat mir heimlich manchen Brocken zugesteckt.«

»Davon mußte ich nichts«, sagte die junge Frau und streckte Jutta ihre Hand entgegen. »Darf ich Ihnen nachträglich noch herzlich dafür danken? Es ist einfach unverzeihlich von dir, Günther, daß du Fräulein Freiberger nicht schon längst zu uns eingeladen hast. Das wärst du ihr schuldig gewesen. Aber Sie müssen ihm verzeihen. Er hatte in letzter Zeit soviel Arbeit, und ich – ich hatte ja keine Ahnung. Sie müssen unbedingt einige Tage bleiben. Und gleich morgen gehen wir in die Ausstellung.«

»Nein, ich muß heute wieder heim.«

»Das gibt es nicht! Bis morgen müssen Sie unbedingt bleiben.«

Jutta schüttelte den Kopf.

»Das geht nicht. Der Lu... Herr Halm wird es wissen. Im Ried gibt es Kühe, die warten auf mich.«

»Es wird auch sonst noch jemand warten auf Sie«, lächelte Frau Anneliese und drohte mit dem Finger.

»Nein, auf mich wartet niemand mehr.«

Weil das Sonnenlicht inzwischen ein wenig weitergewandert war, lag es mit aller Schärfe auf Juttas Gesicht. Die Frau stand auf und zog die Vorhänge zu. In diesem Augenblick sah Jutta, daß die junge Frau gesegnet ging. Diese Erkenntnis traf sie wie ein Schlag. Ihr Mund preßte sich hart zusammen, und ihr Blick heftete sich auf das Damasttischtuch.

Als Frau Halm an den Tisch zurückkam, sagte Günther: »Ich nehme an, daß du deine Verwandten hier noch aufsuchen willst? Du erzähltest mir doch, daß du hier in der Stadt Verwandte hättest.«

Das war der Ausweg! Jutta war ihm dankbar für diese Lüge.

»Ja, ich muß unbedingt zu ihnen«, sagte sie, »und darum muß ich jetzt aufbrechen.«

»Wollen Sie denn nicht wenigstens zum Mittagessen noch bleiben?« fragte Frau Halm.

»Es geht wirklich nicht. Um halb vier fährt mein Zug schon wieder.«

»Wie schade! Günther, begleite Fräulein Freiberger doch zur Haltestelle!«

»Ja, natürlich«, antwortete er rasch und stand auf, um sich eine Krawatte zu suchen. Frau Anneliese zeigte dem Besuch inzwischen noch die übrige Wohnung und das Atelier, versicherte zum Schluß, daß sie sich über den Besuch recht gefreut habe, und bat ums Wiederkommen.

»Ja, vielleicht komme ich einmal wieder«, sagte Jutta monoton, obwohl sie wußte, daß sie nie mehr den Fuß über diese Schwelle setzen würde.

Dann ging sie schweigend neben Günther die Treppen hinunter. Erst, als das Gartentor hinter ihnen zufiel, sagte er:

»Verzeih mir die Notlüge von den Verwandten.«

»Dafür bin ich dir dankbar. Für alles andere müßte ich dich aber verdammen.«

»Ich verstehe dich durchaus, Jutta. Aber wenn ich dir erklären dürfte –«

»Du brauchst mir gar nichts zu erklären. Es ist schon, wie es ist. Mich hast du sitzenlassen und eine andere geheiratet. Was ist weiter dabei? Der Trampel da draußen im Ried wird schon damit fertig werden, wirst du dir gedacht haben.«

»Bitte, nicht hart werden, Jutta. Anneliese hatte ältere Rechte. Es kam dann noch etwas dazu – ich meine – etwas, das ich vorher nicht wußte.«

»Warum entschuldigst du dich denn überhaupt?« fragte sie hart.

»Weil du wenigstens ihr nicht böse sein sollst.«

»Ihr? Sie hat mir nichts getan. Sie ist ein guter Mensch, und außerdem könnte ich ihr schon nicht böse sein, weil sie ein Kind trägt.«

Er schwieg betroffen, hatte gedacht, daß sie dies nicht bemerkt hätte. Ihr Schritt klapperte hart auf dem Pflaster neben dem seinen. Manchmal blieben Leute stehen und sahen diesem seltsamen Paar, dem elegant gekleideten Herrn und dem schönen Mädchen in der bäuerlichen Tracht, nach.

»Ich werde nie ein Kind haben«, sagte Jutta plötzlich.

»Das kannst du nicht sagen«, meinte er. »Die Jahre verwischen alles. Und warum sollst du nicht auch einen guten Mann bekommen und Kinder haben?«

»Ja, aber es werden dann nicht deine Kinder sein.«

Sie hatten die Haltestelle erreicht und blieben stehen.

»Jetzt begreife ich erst, wie weh ich dir getan habe«, sagte er zerknirscht.

»Dazu hast du aber lange gebraucht. Und jetzt will ich dir etwas sagen. Nicht weil du eine andere geheiratet hast, ist meine Liebe zu dir gestorben. Sondern deswegen, weil du mich angelogen hast. Die Lüge war der Tod meiner Liebe. Mir sagtest du damals, daß deine Mutter krank wäre. Wahrscheinlich hast du gar keine Mutter mehr, weil du sonst nie gesprochen hast von ihr. Hättest du mir die Wahrheit bekannt, wäre manches besser für mein Leben. Ich meine – für mein zukünftiges Leben, denn ich werde nie mehr einem Menschen glauben können. Es soll aber auch an mich niemand mehr glauben dürfen. Mir sind die Augen jetzt aufgegangen. Wenn ich dir für etwas dankbar bin, Günther, dann dafür, daß du mich sehend gemacht hast. Ich habe den Luxus bei dir gesehen, und ich weiß nicht, ob ich die richtige Frau für dich gewesen wäre. Es ist ein anderes Leben, das du lebst. Ein mir ganz und gar fremdes Leben, das weißt du selber.«

»Ach, Jutta, du bist ein so wunderbarer Kerl«, sagte er überwältigt. »Wenn du doch glauben könntest, daß ich dich damals nur deswegen angelogen habe, weil ich dir nicht weh tun wollte. Aus Liebe konnte ich dir nicht weh tun. Und es war auch mein fester Vorsatz, zu dir zurückzukommen. Aber dann griff eben das Schicksal ein und formte alles anders. Ich habe so viel an dich denken müssen, Mädl, so viel. Und muß es heute noch tun. Das mußt du doch gefühlt haben?«

»Darum bin ich ja heute hier gewesen.«

»Bitte, geh nicht in Groll von mir, Jutta. Gib mir die Hand und sag mir, daß du mich nicht verdammst.«

Da sah sie ihn an mit einem so tiefen Blick, daß es ihn bis ins Herz hinein warm überrieselte.

»Wie könnte ich dich denn verdammen? Ich hab dich doch einmal liebhaben dürfen. Aber nun leb wohl, Lumperl. Lebe für immer wohl.«

»Du auch, Jutta. Und sei gesegnet für alles, was du mir gegeben hast. Es war viel, viel mehr, als du wissen kannst. Du hast mich in meinem Schaffen ungemein befruchtet. Viel mehr, als du ahnst.«

»Ich versteh nichts davon, Lumperl. Und sei mir nicht bös, daß ich dich heut so überfallen habe.«

Die Trambahn fuhr vor. Er reichte ihr schnell noch die Hand und half ihr einsteigen. Dann aber stand er und winkte ihr nach, bis der blaue Wagen um eine Straßenecke bog.

Jutta Freiberger kam in den nächsten Tagen nicht viel dazu, über sich und das, was geschehen war, nachzudenken; denn die Welt war plötzlich voller Lärm und Aufruhr. Aus dem Lautsprecher dröhnten Fanfaren, und die Postboten waren die ganze Nacht unterwegs und fuhren Telegramme aus. Auch nach dem Ried kamen zwei Telegramme. Die beiden älteren Buben mußten am Morgen darauf fort. Jutta sah die Bäuerin weinen und den Bauern mit ernstem Gesicht umhergehen. Sie begriff nicht ganz, um was es da ging, und dieses Polen, um dessentwillen alles außer Rand und Band zu kommen schien, lag nach ihren Begriffen auf dem Mond. Nur einmal erschrak sie heftig, als ihr einfiel, daß Günther Halm nun auch zu den Soldaten müßte. Am liebsten hätte sie ihm geschrieben, er solle ihr das sofort mitteilen. Aber dann fiel ihr die Frau ein, und sie unterließ es.

Jutta spürte den Krieg nur dadurch, daß ein noch größeres Maß an Arbeit auf ihre Schultern gelegt wurde. Aber das würde ja nicht immer so bleiben. Aller Voraussicht nach war der Krieg doch bald zu Ende, meldete doch das Radio Sieg auf Sieg.

Aber das Jahr ging zu Ende, und im darauffolgenden Frühjahr mußte auch Ambrosius einrücken. Wieder wurde ein Maß von Mehrarbeit Jutta zugeteilt. Sie mußte Knechtsarbeit verrichten. In dieser Zeit begriff der Hafner erst, welch wertvolle Kraft er da vor vielen Jahren auf seinen Hof genommen hatte. Das Mädchen bewährte sich großartig. Nie hörte man sie murren oder klagen. Schweigend stellte sie sich in den Dienst des Hofes und lächelte nur, wenn der Bauer ihr ein Wort der Anerkennung sagte.

Im Sommer dieses Jahres kam die Nachricht, daß Christian, der Hoferbe, gefallen sei. Und obwohl Jutta ihn nie besonders hatte leiden mögen, ging es ihr doch recht nah. Sie litt den Schmerz der Hafnerleute mit und meinte, es sei doch gut, daß sie selber niemand »draußen« hätte, der ihrem Herzen nahestand.

Um diese Zeit dachte Jutta öfter darüber nach, weshalb sie eigentlich immer noch auf dem Hafnerhof im Ried sei. Sie hätte überallhin gehen können. Man hätte sie mit offenen Armen aufgenommen, nicht, weil an allen Ecken und Enden Dienstbotenmangel herrschte, sondern weil es sich herumsprach im ganzen Tal, welch tüchtige Kraft sie war: sie ging hinter dem Pflug, die Röcke hochgeschürzt, die kräftigen Arme um die Pflugsterzen geklammert, sie mähte das Gras und säte Korn. Und alles geriet ihr. Als ob sie gesegnete Hände hätte.

»Komm zu mir«, sagte der Lechnerbauer von Öd zu ihr, als er sie nach dem Kirchgang traf. »Ich zahle dir mehr als da oben im Ried.«

Warum tat sie es nicht? Das Ried hielt sie fest. Sie war mit dem Boden dort verwurzelt und konnte sich nicht trennen. Auch wäre es ihr wie Feigheit erschienen, die Hafner gerade jetzt im Stich zu lassen, wo überall Not war, denn nun war auch Robert, der zweite Sohn, gefallen. Ambrosius wurde daraufhin freigestellt und kam heim. Er war der Stillste von den Brüdern, vielleicht hatte auch das Grauen da draußen ihn ernster gemacht. Er war um zwei Jahre jünger als Jutta, hatte so viele Jahre neben ihr hergelebt und schien erst jetzt zu sehen, welch prächtiges Menschenkind sie war.

Jutta merkte es wohl, wie er sie oft mit hungrigen Augen betrachtete. Aber sie liebte ihn nicht, würde ihn niemals lieben können. Was Liebe bedeutete, das wußte sie jetzt. Das war vorbei. Aber etwas ganz Neues bewegte sie jetzt. Es war mit einemmal da, die Sehnsucht danach, selber einmal Grund und Boden zu besitzen. Nicht immer fremde Äcker pflügen, nicht immer das Korn säen, das andere ernten. Diese Sehnsucht wuchs sich allmählich zu einer wahren Besessenheit aus. In dieser Gier nach eigenem Besitz schien ihr selbst Ambrosius der Mann zu sein, der ihr dazu verhelfen könnte. Wäre es denn gar so abwegig, ihn zu heiraten?

Einmal, es war mitten im Winter, fuhren sie beide in den Wald hinauf, um Scheitholz zu holen. Sie saßen dicht nebeneinander auf dem Schlitten, so daß eines die Körperwärme des anderen fühlte. Lautlos glitten die Kufen über den hartgefrorenen Schnee. Das Schellengeläut stand in der froststarren Luft. Plötzlich faßte Ambrosius nach Juttas Hand.

»Ich hab mir nicht träumen lassen, daß ich noch mal so durch den Wald fahren würde, und du sitzt neben mir.«

»Warum nicht?«

»Weil man im Krieg nicht träumen darf, wo einem der Tod im Nacken sitzt. Wenn sie mich bloß nicht wieder holen!«

»Hast du Angst?«

»Ja, Jutta, ich habe Angst, daß ich nicht wiederkäme und dich nie wiedersehen würde.«

Jutta steilte den Nacken. Nur jetzt keine Dummheit machen, dachte sie. Das Spiel konnte beginnen. Aber diesmal gab sie die Karten aus, und diesmal wollte sie die Gewinnerin sein. Sie wollte sich durch keine Unbedachtsamkeit den Weg verbauen.

»Liegt dir denn so viel daran, mich um dich zu haben?«

Fester umschloß seine Hand die ihre.

»Hast du das noch nicht gemerkt? Ich weiß nicht, was das ist. Es war auf einmal da. Ich hab dich gern, und ...«

»Und? Was weiter?«

»Wenn ich denk, daß ich wieder fort muß, dann packt mich eine wilde Verzweiflung.«

»So gern hast du mich?«

»Ganz furchtbar.«

Jutta horchte in sich hinein, ob sich nichts regte. Alles blieb still in ihrem Herzen. Der zärtliche Druck seiner Hand ließ es nicht einen Augenblick schneller schlagen. Aber der Hof, dachte sie. Das schöne Ried. Es könnte einmal mir gehören.

»Und wie stellst du dir das vor?« fragte sie. »Was meinst du, was dein Vater dazu sagen würde, wenn du mich heiraten wolltest?«

»Heiraten?« fragte er, und sie sah an seinem Gesicht, wie sehr erschrocken er war.

Jutta lachte und entzog ihm ihre Hand.

»Aha, bloß so hast gemeint. Zur Magd möchtest schleichen, wenn es dunkel wird! Das will ich aber nicht, verstehst du mich, Ambrosius. Es tut mir leid, wenn du mich für so was angeschaut hast.«

Ambrosius wurde rot. So hatte er es sich nämlich gedacht. Eine Liebe am Hof, eine ganz heimliche Liebe. Da muß man doch nicht gleich ans Heiraten denken. Wie Jutta sich das bloß vorstellte?

Sie sprachen dann kaum mehr etwas während der ganzen Stunden, und als sie heimwärts fuhren, saß er vorn auf dem Schlitten und Jutta hinten.

Jutta hatte ihr Spiel gewonnen. Sie hatte die Schwäche des Mannes erkannt, und sie fühlte, wie er immer hungriger nach ihr wurde. Ihrer Schönheit bewußt, spielte sie mit ihren Reizen, bis Ambrosius einmal, seiner Sinne nicht mehr mächtig, sie wild in die Arme riß. Sie duldete seine Küsse, erwiderte aber keinen. Nur die Arme schlang sie fest um ihn.

»Ich kann nimmer leben ohne dich, Jutta!«

»Ach, das bildest du dir bloß ein.«

»Nein, nein, nein! Ich werd noch ein Narr in meiner Sehnsucht nach dir. Ohne dich mag ich nicht mehr leben!«

In heller Wachsamkeit zärtelte sie mit den Lippen über seine Stirn.

»Das brauchst du nicht, wenn du nicht willst.«

»Ja, ich weiß schon. Heiraten willst. Und ich werde dich heiraten, Jutta, wahrhaftig, ich werd es tun, wenn der Krieg vorüber ist.«

»Ist das wirklich wahr?«

»Ich schwör es dir, Jutta.«

»Ja, heb deine Finger auf und schwöre es mir. Anders kann ich es nicht glauben.«

Er tat, wie sie ihm befohlen hatte.

Ambrosius' Angst war nicht ganz unbegründet gewesen. Man holte ihn wieder zu den Soldaten, als im Osten die Rückzugsschlachten begannen. Es war ihm furchtbar, von Jutta fortgehen zu müssen. In der Abschiedsnacht weinte er bittere Tränen.

»Du mußt nicht traurig sein, Ambrosius«, tröstete sie ihn. »Du wirst wiederkommen, ich weiß es. Eine Stimme sagt mir das ganz zuverlässig. Du mußt nur immer daran denken, was du mir geschworen hast.«

Ihre Worte richteten ihn wieder auf.

»Das werd ich nie vergessen, Jutta. Und wenn dieser verfluchte Krieg vorüber ist, werden wir heiraten.«

»Du wirst es nie zu bereuen haben, Ambrosius. Ich werde dir immer eine gute Frau sein.«

In der Morgenfrühe ging er fort. Der Hafner fuhr ihn mit dem Gäuwägerl zur Bahn, und als er zurück kam, meinte Jutta, daß seine Schultern noch mehr nach vorn gebeugt wären. Sein Haar war in diesen Jahren ohnehin fast weiß geworden.

»Wenn mir der Letzte auch noch draußen bleibt«, sagte er zu Jutta, die den Gaul ausspannte, »dann weiß ich nicht mehr, warum ich gelebt und gewerkelt habe.«

»Der Ambrosius wird wiederkommen«, antwortete sie so zuversichtlich, daß es den Mann wohltuend berührte. Er legte ihr die Hand auf die Schulter und sagte:

»Du bist halt eine, auf die man sich verlassen kann.«

In der Folgezeit arbeitete Jutta noch mehr als bisher. Ihr Arbeiten hatte jetzt einen anderen Sinn bekommen. Sie betrachtete alles schon als ihr Eigen. Zerbrach einer von den ausländischen Arbeitern ein Werkzeug oder sonst etwas, so konnte sie sich darüber maßlos ärgern, denn sie sah es so, als hätte man es ihr zerbrochen.

Sie schrieb nachts in ihrer Kammer rührende Briefe an den Gefreiten Ambrosius Hafner. Ihre Handschrift war ungelenk, und es waren auch keine Briefe voll tiefer Liebe. Sie berichtete nur über das Geschehen am Hof, über das Wetter, und daß er sich keine Sorgen machen möge, weil sie auf alles ein wachsames Auge habe.

Dann ging der Krieg endlich zu Ende. Im Ried merkte man das erst, als eines Morgens ein paar amerikanische Panzer dahergerollt kamen und fremde Soldaten Haus und Hof nach Deutschen durchsuchten. Es waren aber keine deutschen Soldaten da, nur ein paar ausländische Arbeiter, die befragt wurden, wie sie behandelt worden seien.

Sie waren allzeit gut behandelt worden. Aber es war ihre Stunde da, ihre große Stunde. Sie wurden von den Siegern zu Herren erhoben, und es wurde ihnen gesagt, daß sie sich nehmen könnten, was sie brauchten.

Das aber war auch Juttas Bewährungsstunde. Wo der Hafner es zerknirscht und ohnmächtig dulden wollte, daß in der Königskammer der kostbare Erbschmuck aus der Truhe gezerrt wurde, da setzte die Magd sich flammend zur Wehr. Wieder war es so, daß sie dachte, man nähme es ihr weg. Ganz plötzlich stand sie wie ein Racheengel mit einer Mistgabel unter der Tür und schrie den Iwan und den Januschek so an, daß sie schweigend den erbrochenen Truhedeckel zufallen ließen, ohne sich die Taschen gefüllt zu haben.

Überall hatte sie in diesen Tagen ihre Augen, überall war sie zur Stelle, wenn es galt, etwas für den Hof zu retten. Und wenn ihr die Hafner versicherten, daß sie ihr das nie vergessen würden, dann nahm sie das für die volle Wahrheit hin und glaubte, daß man dem Ambrosius das Jawort nicht mehr verweigern werde, wenn er heimkam und sagte, daß er die Magd Jutta Freiberger zur Bäuerin im Ried machen wolle.

Ambrosius aber kam nicht. Er war in russische Gefangenschaft geraten, und es vergingen fast zwei Jahre, ehe er heimkehrte. Es kam ein müder, ausgemergelter Mann ins Ried, dem die Augen tief in den Höhlen steckten, dessen Gedärme so empfindlich waren, daß sie nichts vertragen konnten, und der erst wieder zu einem richtigen Menschen aufgepäppelt werden mußte.

Zunächst war er drei Wochen bettlägerig. Jutta pflegte ihn aufopfernd, pflanzte ihm neuen Glauben ins Herz und erfüllte ihn wieder mit Lebensmut. Es wurde Sommer, bis Ambrosius wieder federnd und jungenhaft über die Wiesen gehen konnte.

Um diese Zeit meinte Jutta, daß es nicht zu früh wäre, wenn er jetzt sein Wort einlöse. Aber dieser wiedererstarkte Mensch lachte nur aus vollem Halse, rüttelte sie herzhaft an den Schultern und fragte sie, ob denn die Liebe anders sei, wenn sie vor dem Altar besiegelt wäre.

Ein paarmal ließ sie sich mitreißen vom Sturm seiner Zärtlichkeiten. Aber dann wurde sie hart. Sie hatte das Gefühl, daß der Mann ihr entgleiten wollte. Das durfte aber nicht sein. Zu stark war ihr Herz schon mit dem Hof verflochten, und sie war der Meinung, daß sie ein Recht auf den Mann hätte. Sie hatte ihn gesundgepflegt, in ihren Armen hatte er einmal geweint, und vor ihr hatte er die Schwurfinger aufgehoben.

Als sie sich wieder einmal in der Dunkelheit beim Weiher trafen, als er sie wieder mit leichten Worten beschwichtigen wollte, schob sie ihn von sich und sah ihn an.

»Wie stellst du dir das eigentlich vor, Ambrosius?«

»Was denn, was denn?« fragte er verblüfft.

»Ja, glaubst denn du, daß ich mich monatelang mit dir im Dunkel treffen will wie eine Diebin?«

Noch immer begriff er den Ernst nicht, und er antwortete scherzend: »Ist gut munkeln im Dunkeln.«

»Red nicht dummes Zeug jetzt, Ambrosius! Du weißt, was du mir versprochen hast.«

»Ja, ja. Aber das pressiert doch nicht so.«

»Doch, mir pressiert es. Ich will Bäuerin sein im Ried, will Kinder haben, verstehst du. Und wenn du nicht feig bist, dann stehe jetzt zu deinem Wort.«

Nun wurde ihm doch ein wenig unheimlich. Er dachte an die Regina Wölfert, die Bauerntochter von Kulbing, die er kürzlich auf Anraten seines Vaters einmal besucht hatte. Sie war nicht so schön wie Jutta. Nein, das war sie nicht. Aber sie brachte an die zwanzigtausend Mark Erbgut mit. Vielleicht war gleich am besten, man ließ jetzt durchblicken, der Vater würde nicht damit einverstanden sein. Wenn sie ihn nur nicht so durchdringend ansehen wollte! Wenn ihr Atem nicht so nahe wäre. Es drängte ihn wieder nach ihren Zärtlichkeiten, und er wollte sie an sich ziehen.

»Komm, lassen wir das dumme Gerede.«

»Das ist kein dummes Gerede. Ich habe gesagt, du sollst zu deinem Wort stehen. Denke ja nicht, daß du dich drücken kannst.«

Da erwachte der Trotz in ihm.

»Zwingen kannst du mich nicht«, sagte er.

»Du hast es mir doch geschworen!« flammte sie auf. »Du kannst doch nicht meineidig werden!«

»Was heißt geschworen! Schwören kann man nur vor Gott. Das ist ja kindisch, was du da sagst. Und außerdem, so einfach ist es nicht. Der Vater hat gemerkt, daß zwischen uns beiden was los ist.«

»Ja und? Warum hast du ihm dann nicht gleich gesagt, was los ist? Du nennst es nicht einfach. Aber es war einfach, mir etwas vorzulügen. Pfui Teufel! Ihr seid doch alle gleich! Zuerst hast du gewinselt, daß ich dich gernhaben soll. Dann hab ich jahrelang auf deinen Hof geschaut, als ob es der meinige wäre. Aufgepäppelt hab ich dich wieder. Und jetzt stehst du da und sagst mir, daß es kindisch wäre, was ich sage.«

»Reg dich doch nicht so auf«, versuchte er sie zu beschwichtigen. »Du tust ja grad, als ob der Himmel einfallen würde, wenn ich dich nicht heiraten kann. Der Vater hat sich halt in den Kopf gesetzt, daß die Wölfert Regina von Kulbing Bäuerin vom Ried werden soll.«

»So, dein Vater hat sich das in den Kopf gesetzt. Und du Waschlappen läßt dich einfach verhandeln wie ein Stück Vieh.«

»Was will ich denn machen? Schließlich ist er ja doch der Vater.«

»Und ich? Wer bin ich? Die Magd am Hof, die man wegschieben kann, wenn man sie nimmer haben will.«

»Geh, was redest denn da? Selbstverständlich bleibst du auch nachher am Hof.«

»Ach, so meinst du es!« lachte sie schmerzlich auf. »Ich müßte dir jetzt eigentlich ins Gesicht schlagen. Aber du bist mir zu schlecht. Ich war die längste Zeit am Ried, das mußt du dir merken.«

Sie rannte ins Haus und schlug krachend den Riegel an ihrer Kammertür vor.

Sie konnte nicht einmal weinen. Nur ein grauenhafter Zorn schüttelte sie. Haß und Wut gegen alle Menschen, die nur darauf ausgingen, auf ihr herumzutrampeln. Das also war der Dank für alles, was sie an Opfern diesem Hof gebracht hatte.

Zum zweitenmal hatte die Liebe mit einer Enttäuschung für sie geendet. Damit aber sollte nun endgültig Schluß sein. Nicht sie wollte mehr enttäuscht werden, sondern sie wollte enttäuschen. Diese letzte Enttäuschung aber stieß zugleich das Tor zu einem neuen Leben auf. Ganz zielbewußt wollte sie den Weg betreten, der sie endgültig aus den Niederungen, in denen sie bisher gelebt hatte, befreien und nach oben tragen sollte.

Sie wußte nicht, wo das Ziel lag. Sie sah es nur irgendwo in der Ferne leuchten. Sie wußte nun um die Macht, die sie auf die Männer ausübte. Sie hatte diese Macht bis jetzt noch nicht richtig angewandt. Nun aber wollte sie es tun und durch sie den Weg nach oben finden.

Dort, wo Anton Steger lebte, dehnte sich der Wald kilometerweit unter den Flanken der Berge. Dunkle Fichten erhoben sich hoheitsvoll über wucherndem Beerenkraut. Wo Axt und Säge den Wald gelichtet hatten, schoß gleich wieder das Leben jung und üppig aus dem Boden. Eulen und Füchse nisteten im verschwiegenen Unterholz. Ein paar Lärchen standen noch dort, einzelne Wetterföhren, dürr und krumm, von Wettern zerschunden, aber immer wieder grün und lebensfroh, wenn der Sommer kam.

Hier lebte Anton Steger, seit er aus dem Kriege heimgekommen war. Er hauste in einer grobgezimmerten Hütte aus Baumstämmen mit einem Dach aus Rinden. Ein warmes, geräumiges Haus war es für den einsamen Burschen. Hinter der Hütte floß frisches Quellwasser, das auch in trocknen Sommern nicht ausblieb.

Manchmal hatte er schon daran gedacht, die Quelle so zu stauen, daß er die Kraft des Wassers ausnützen könnte für eine kleine Lichtanlage, gerade so viel, daß es seine beiden

Räume erhellte. Aber Hütte und Quelle gehörten dem Sägewerksbesitzer aus Ruhenpendling, in dessen Diensten er stand. Es könnte doch sein, daß ihm der Dienst gekündigt wurde – in solch unsicheren Zeiten mußte man mit allem rechnen –, dann müßte er Hütte und Lichtanlage zurücklassen. Nein, da behalf er sich lieber mit der Petroleumlampe.

Anton Steger war Holzknecht und fällte mit einem anderen Kameraden, der im Weiler Schitach verheiratet war, die Stämme, die der Schnitzler für sein Sägewerk aufgekauft hatte. Es war eine einfache und bescheidene Welt, in der er lebte. Nichts Großartiges spielte sich darin ab. Aber er führte kein schlechtes Leben unter den Bäumen des Waldes, die in seine Träume hineinrauschten. Im Morgengrauen bereitete er sich am krachenden Feuer eine Brennsuppe, die bis zum Mittag anhalten mußte. Der Tabaksbeutel wurde mit billigem Krüllschnitt gefüllt, die Hütte sorgfältig versperrt, die Axt geschultert, und dann ging es in den Holzschlag. O ja, es war ein königliches Leben, durch nichts beschwert und belastet.

Aber dann kam eines Tages ein Mädchen über das Gebirge her, ein großes Bündel in der Hand. Langsam stieg sie durch das dürre Sommergras zum Holzschlag nieder, aus dem ihr der Klang der Axtschläge entgegenhallte.

Sie wollte dort nach dem Weg fragen, von dem sie abgekommen war. Als sie das getan und nicht von Anton Steger, sondern von seinem Kameraden erschöpfend Auskunft erhalten hatte, fiel ihr ein, daß sie sich auch ein wenig niedersetzen und rasten könnte. Sie hatte doch seit dem Morgen schon einen weiten Weg hinter sich gebracht. So setzte sie sich auf einen der vielen Baumstämme, nahm ein Stück Schwarzbrot aus dem Bündel und biß herzhaft hinein. Dabei schaute sie auf die beiden Männer, die gerade einem Baum zu Leibe gingen. Tief hatte sich die Säge bereits ins Mark gefressen. Nun richteten sich die Männer auf und schlugen einen Eisenkeil in den Schnitt. Bei jedem Schlag zitterte der Baum.

Es war eine Lust, zuzusehen, besonders dem jungen, starken Mann, dem bei jedem Schlag die dunkle Stirnlocke widersprenstig in die Stirn fiel. Bei ihm sah sich diese schwere Arbeit wie ein leichtes Muskelspiel an.

Jutta Freibergers Augen hingen unverwandt an dem braungebrannten Gesicht, dessen Kinn von rauhen Bartstoppeln umrahmt war. Als er einmal aufblickte, traf sein Blick den ihren. Wie in leichtem Staunen zogen sich seine Brauen hoch.

»Bin ich im Weg?« fragte Jutta nun. »Fällt der Baum nicht hierher?«

»Der Baum fällt immer dorthin, wohin ich es haben will«, antwortete er. Es klang durchaus nicht überheblich. Nein, es hörte sich ganz glaubhaft an, daß sich seinem Willen die sterbenden Bäume unterzuordnen hatten.

Der andere sagte gar nichts. Er lehnte am Stamm und stopfte seine Pfeife. Dann bückte er sich wieder nieder. Auch Anton spuckte in die Hände und faßte am anderen Ende den Griff der Säge.

Ein Gewitter war zu erwarten. Es war schwül, und ein metallischer Glanz lag über den Bergen. Anton kannte das und wußte, wie schnell das hier im Gebirge ging. Die Sonne schien noch, ja, aber auf der anderen Seite des Berges braute es sich zusammen. In einem schnellen Wechsel konnte es hinüberspringen.

Der Baum ächzte unter den Hieben der Axt und schwankte mit jedem Schlag ein wenig nach vorn. Plötzlich neigte er sich. Ein dumpfes Rauschen erfüllte die Luft, und dann war der Donner des Sturzes da. Wieder Stille. Man hörte einen kleinen Vogel aus dem Gebüsch klagen. Weltverloren hing sein Weinen in der flimmernden Luft.

Die beiden Männer, die vom Baum zurückgesprungen waren, traten wieder hinzu. Anton schlug leicht mit dem Rücken der Axt gegen einen kleinen, braunen Fleck im Stamm. Dann hob er die Augen und sagte in Richtung zu dem Mädchen:

»Außen gesund und schön, im Innern aber doch faulig.«

Jutta wich seinem Blick nicht aus, suchte nach einer passenden Antwort und meinte, sie dann gefunden zu haben:

»Ich verstehe mich nicht ganz darauf, aber es wird wohl so sein, daß der Baum männlichen Geschlechts ist.«

Der Winkler lachte in seiner trockenen Art, stupste den Kameraden mit dem Ellbogen an.

»Die hat ihr Mundwerk am rechten Fleck!«

Jutta Freiberger stand auf, glättete den Rock und griff nach ihrem Bündel. Jetzt erst, nach dem Rasten, merkte sie die Müdigkeit in allen Gliedern und wie sehr ihre Füße sie schmerzten.

»Wie weit ist es noch bis Ruhenpendling?« fragte sie.

Anton Steger blinzelte zum Grat des Silberhorns hinauf und wiegte den Kopf bedenklich hin und her.

»Selbst wenn es bloß eine Stunde wäre, würdest du es nicht mehr schaffen, weil in einer halben Stunde das Gewitter schon da sein kann. Nach Ruhenpendling aber sind gute drei Stunden.«

Dann begann er, die Äste von der gefällten Fichte zu schlagen. Gebannt blickte Jutta zu ihm hin. An diesem Menschen federte alles vor Kraft. Einen Augenblick war sie versucht, ihr Bündel wieder wegzulegen, um die Äste auf einen Haufen zusammenzuziehen, wie sie es gelernt hatte. Aber der Mann forderte sie nicht dazu auf und würdigte sie keines Blickes mehr. Und außerdem schien jetzt wirklich das Gewitter kommen zu wollen. Die Sonne verschleierte sich. Eine große, dunkle Wolke zog über den Grat herauf, und die Luft hielt den Atem an.

Über eine Menge Stämme hinwegsteigend, suchten Juttas Augen nach der Fortsetzung des Weges, den es nicht zu geben schien.

»Seid nicht gar zu fleißig«, rief sie noch über die Schulter zurück. Dann verschwand sie zwischen den Stämmen. Sie wußte, daß der Junge mit der dunklen Stirnlocke ihr jetzt nachschaute. Aber er hatte sie nicht aufgefordert zu bleiben, also ging sie.

Ein Lächeln huschte um ihren Mund. Sie spürte wieder die Macht, die ihr gegeben war. Aber es lohnte sich wohl kaum, sie auszuprobieren an diesem Mann, der doch auch bloß ein armer Teufel war wie sie. Mit ihm würde sie kaum den Weg nach oben finden.

Ja, beim Holzschlag droben stand einer, hatte das Kinn auf den Stiel der Axt gestützt und blickte unverwandt in den Wald hinein, in dem das Mädchen verschwunden war.

»So was Schönes«, sagte er dann und drehte sich nach seinem Kameraden um. »Hast du schon einmal so was Schönes gesehen? Ich in meinem ganzen Leben noch nicht.«

Der Winkler schlug gerade den Gipfel der Fichte ab, führte noch ein paar wilde Schläge und sah den Anton an.

»Du wirst noch manches nicht gesehen haben«, antwortete er gutmütig. »Überhaupt, was du schon dein ganzes Leben nennst! Mir scheint, damit bist du bis jetzt ein wenig zu kurz gekommen. Als halbwüchsiges Bürscherl haben sie dich in den Krieg geworfen. Dann war der lange Krieg und deine Gefangenschaft. Wo willst du denn da herausgekriegt haben, ob man ein Weibsbild für schön halten kann oder nicht? Oder hat es dahinten im Ural Weiber gegeben?«

»Weiber nicht, aber Stacheldraht«, sagte Anton spöttisch. »Aber trotzdem wirst du nicht abstreiten können, daß die da schön ist.«

»So genau hab ich sie mir nicht angeschaut. Ich bin ja verheiratet«, fügte der Winkler mit lustigem Augenblinzeln hinzu. »Und – hast du selber vorhin gesagt, daß so manches von außen gesund und schön ausschaut, im Innern aber faul ist?«

»Ja, das hab ich gesagt. Aber doch nicht in bezug auf sie.«

»Von einem schönen Gesicht kannst nicht runterbeißen«, meinte der Winkler. »Ein lustiges Herz muß eine haben und ein paar feste Arme, die zupacken können.«

Arme, die zupacken können, die hat sie, dachte Anton. Ob sie aber auch ein lustiges Herz hat?

Er antwortete nicht, sondern ging zum nächsten Baum, der zu fällen war, und schlug die Rinde für den Einschnitt weg.

Jutta Freiberger wanderte inzwischen durch den Wald. Da keine Markierung vorhanden war, ging sie einfach talwärts und dachte, daß dieser Wald sich doch einmal lichten würde und sie dann Ausschau halten könnte. Dabei kam sie an eine kleine Kapelle. Der Verputz war abgebröckelt, so daß die blanken Felsbrocken herausschauten. Das Dach war mit Moos überzogen und mit Steinen beschwert. Die Tür hing in verrosteten Angeln und stand weit offen. Es lohnte sich kaum mehr, hier zuzusperren, weil es außer der Marienfigur über dem Altar nichts fortzutragen gäbe. Die Figur war aber wirklich kein Kunstwerk, das zu stehlen sich lohnen würde.

Jutta trat ein und entdeckte an der Mauer ein paar eingerahmte bunte Bilder. Auf dem einen sah man ein umgestürztes Baumfuhrwerk, darunter lag ein Mann halb begraben. Wahrscheinlich war er aus dieser hoffnungslosen Lage befreit worden, denn darunter stand: »Maria hat geholfen.«

Auf der anderen Tafel sah man eine Frau händeringend an der Wiege eines Kindes knien. Hinter der Wiege stand die Knochengestalt des Todes mit erhobener Sense. Darunter war zu lesen: »Durch die Fürbitte der heiligen Jungfrau ist unser Kind wieder gesund geworden.«

Trotz ihrer armseligen Kindheit und ihrer verpfuschten Jugend hatte Jutta sich den Glauben an die Ewigkeit und an Gott, der alles sah, erhalten. Und darum war sie jetzt auch bereit, niederzuknien und zu bitten, daß er auch ihr helfen möge, damit sie das Ziel erreiche, das sie sich gesteckt hatte. Freilich war es ein hochmütiges Ziel, und ihr Beten in der alten Waldkapelle entsprang weniger der Not ihres Herzens als einer eiskalten Berechnung. Trotzdem gelobte sie auch einiges, wenn sie »erhört« würde. Sie würde dann die Kapelle renovieren lassen. Das Fenster müßte verglast werden, die Tür neu gefertigt. Zum Schluß betete sie, wie immer, wenn sie in der Kirche war, für ihre toten Eltern und Geschwister noch drei Vaterunser; dann setzte sie sich auf die alte Bank im Hintergrund und verschränkte die Hände im Schoß. Müdigkeit wollte sie überkommen, und sie zählte nach, wie lange sie heute schon unterwegs war. Sie dachte auch darüber nach, ob es richtig gewesen sei, einfach dem Ried fortzulaufen.

Ja, das war richtig gewesen. Was hätte sie anders tun sollen? Immer und ewig dort die Magd bleiben, weil es Ambrosius an Mut mangelte, sie zur Bäuerin zu machen? Zorn wollte sie übermannen, wenn sie daran dachte, wie er zuerst um ihre Liebe gebettelt und sie dann hochmütig abgewiesen hatte.

Erschrocken fuhr Jutta auf, denn plötzlich war draußen ein Sturm erwacht. Ein dürrer Ast sauste vor dem zerbrochenen Fenster vorüber, mit einem Knall schlug der Zugwind die Tür zu. Sie erschrak heftig und hatte plötzlich das Gefühl, als sei sie in ein Grabgewölbe eingeschlossen. Mit aller Kraft riß sie die Tür auf und trat ins Freie.

Aus einer dunklen Wolke zuckte der feurige Strich eines Blitzes. Brüllend dröhnte der Donner über dem Wald. Und auf einmal schleuderte es aus einer Wolke schweren Regen nieder. Er schlug dem Mädchen ins Gesicht, strömte über ihren Nacken und stach wie mit Nadeln.

Als Kind hatte sie gesehen, wie die Mutter, vom Regen auf dem Acker überrascht, in solchen Lagen einfach den Rock über den Kopf geschlagen und sich vor dem Regen geschützt hatte. Das tat auch sie jetzt. Zusätzlich preßte sie den Saum des Rockes noch fest an die Ohren, um das Gebrüll des Donners nicht so stark zu hören. So rannte sie dahin, fast blindlings, nur die graue Wand des stürzenden Wassers vor sich, immer talwärts in der Hoffnung, irgendwo bald Schutz zu finden vor den entfesselten Elementen. Bis ihr Lauf plötzlich vor einem Dickicht endete und sie nicht wußte, ob sie darin unterkriechen sollte wie ein Tier.

Im selben Augenblick hörte sie einen jagenden Schritt den Wald herunterkommen. Er sah sie sofort. Im Laufe innehaltend, riß Anton Steger seine Joppe herunter und warf sie ihr um die Schultern.

»Komm«, sagte er. »Meine Hütte ist nicht mehr weit.«

»Nein, nein«, schrie sie durch Sturm und Regen zurück. Sie wollte nicht glauben, daß ihr Weg in die Freiheit schon so früh in einer Hütte enden sollte. Aber in diesem Augenblick zuckte ein neuer Blitz aus den Wolken, ein flammender Arm, ein Feuerriß aus dunkler Wand, der einen dürren Föhrenstamm in eine brennende Fackel verwandelte.

Für einen Pulsschlag meinte Jutta, ihr Herz erstürbe. »O Gott«, jammerte sie. Dann überließ sie ihm willig die Hand für den Weg durch das Gehölz.

Viel fester hätte ihre Hand in der seinen liegen sollen. Vielleicht wäre sie dann nicht über die Wurzel gestolpert und mit einem leisen Aufschrei in die Knie gesunken.

Einen Augenblick stutzte Anton mißtrauisch, weil er nicht wußte, was hier Komödie oder Wirklichkeit war. Mit strengem Mund stand er vor ihr und schaute auf sie nieder. Der

Regen tropfte aus ihrem Haar, rann in kleinen Rinnsalen an ihren Armen nieder. Langsam erhob sie sich auf seinen stützenden Arm und stöhnte mit zusammengebissenen Zähnen.

»Mein Knöchel! Mein rechter Fuß!«

Ganz fest stützte er sie nun. Ach, es war wohl am besten, wenn er sie auf die Arme nahm und den Rest des Weges trug.

»Es ist nicht mehr weit«, sagte er tröstend. Willenlos überließ sie sich nun seinen starken Armen. Einmal wagte sie schüchtern zu fragen, ob sie ihm nicht zu schwer sei. Er antwortete, daß er die Last kaum spüre, drückte sie aber noch fester an sich.

Wie schnell ihr Herz schlug. Wie sanft ihre Wange war.

Da war die Hütte: ein schützendes Asyl inmitten des Aufruhrs der Natur. Behutsam ließ er sie zu Boden gleiten und grub in seiner Hosentasche nach dem Schlüssel.

Es erwies sich dann, daß der rechte Knöchel des Mädchens tatsächlich verstaucht und stark angeschwollen war.

»Weiter nicht schlimm«, meinte Anton Steger, warf sich einen Wettermantel um die Schultern, um draußen nach ein paar großblättrigen Huflattichen zu suchen. Mit einer Bedachtsamkeit, die man seinen schweren Händen gar nicht zugetraut hätte, legte er die Blätter um den geschwollenen Knöchel und band ein wollenes Tuch darum.

»So«, lächelte er. »In ein paar Tagen ist das kranke Haxerl gesund. Dann kannst du weiter.«

Dann drehte er sich um, schob einen Reisigbüschel in das Ofenloch und schlug ein Feuer an.

Immer, wenn Jutta in der grauen Morgenfrühe dem Anton Steger die Hand zum Abschied gereicht hatte, blieb sie noch eine ganze Weile auf dem Bett liegen und lauschte auf seinen sich entfernenden Schritt, der sich allmählich in der Düsterheit des Waldes verlor.

Der Knöchel war wirklich am zweiten Tag heil gewesen. Aber Jutta hatte es nicht zugeben wollen und hatte versucht, den Mann zu täuschen. Anton hatte dieses Spiel durchschaut und lächelnd den Fuß weiterhin verbunden.

Als er an einem Abend etwas früher heimkam, sah er sie um die Hütte laufen. Sie hinkte aber sofort, als sie ihn bemerkte. Also stand für Anton fest, daß sie noch länger bei ihm bleiben wollte. Oh, er könnte sich nichts Schöneres denken, als daß sie für immer bei ihm bliebe. Urgewaltig war die Liebe über ihn gefallen. Wie in Flammen gehüllt ging er nun durch die Tage und konnte es kaum erwarten, bis es Abend wurde und er wieder bei ihr sein konnte.

Über acht Tage war Jutta nun schon in der Hütte im Wald. Zuerst hatte sie sich gefragt, weshalb sie eigentlich noch über die Zeit hinaus blieb. Dies konnte doch nicht ihr Ziel sein. Es war auch nicht der Mann, der sie festhielt. Es würde hier nicht anders sein als bei Günther Halm und nicht anders als bei Ambrosius. Manchmal hätte sie ihm laut ins Gesicht lachen und sagen mögen, daß sie genau wisse, wie das ausgehe. Und doch tat sie es nicht. Irgend etwas ließ sie gut zu ihm sein. Es war erschütternd, mit welch grenzenlosem Vertrauen er ihr sein Herz in die Hände legen wollte. Aber was sollte sie denn mit einem Mann, der, wenn es gutging, am Wochende vierzig Mark heimbrachte? Das stand in krassem Widerspruch zu dem, was sie sich vorgenommen hatte. Er war ein grundgütiger Mensch und jünger als sie. Sie wollte ihn aus Mitleid nicht enttäuschen.

Als sie in der Morgenstunde so allein dalag, dachte sie darüber nach, daß sie nicht deshalb ausgezogen war, um nichts weiter zu erobern als das Herz eines Holzknechtes. Nein, das durfte nicht die Endstation sein. Sie wollte doch nicht in den Niederungen bleiben, sondern hatte sich in den Kopf gesetzt, aufzusteigen. Bäuerin möchte sie sein auf einem Hof, Kinder wollte sie haben und sonntags an der Seite des Mannes in einer Kutsche zur Kirche fahren. Von den Erinnerungen ihrer Vergangenheit getrieben, formte sich dieses Wunschbild immer klarer heraus.

Manchmal war ihr zum Weinen zumute, wenn sie bedachte, daß sie ihn enttäuschen mußte, so wie sie immer enttäuscht worden war. Und sie fühlte, wenn sie jetzt nicht bald ging, würde sie es nicht mehr können, weil sie ihm mit jedem Tag geneigter wurde. Einmal stand sie schon wegbereit unter der Tür. Dann brachte sie es doch nicht übers Herz und zog sich wieder um.

So kam wieder ein Samstag heran. Anton war ins Dorf gegangen, um mit dem Sägewerksbesitzer abzurechnen. Er blieb länger aus, als er gesagt hatte. Es dunkelte bereits, und Jutta war schon ein paarmal bis zur Lichtung hinausgegangen. Richtig Sehnsucht hatte sie.

Längst war das Essen fertig. Sie hatte den Tisch schön gedeckt und zündete nun die Lampe an. Da hörte sie seinen Schritt vor der Hütte. Sie sah ihn am Fenster vorübergehen und blieb hochaufgerichtet neben dem Tisch stehen.

Anton kam herein, schloß die Tür hinter sich und blieb betroffen stehen. So schön hatte er sie noch nie gesehen. Verschönte vielleicht das milde Licht der Lampe ihr Gesicht auf eine so wundersame Weise? Langsam löste er die Riemen seines Rucksackes, der prall gefüllt war. Dann ging er auf sie zu und nahm sie in die Arme.

»So schön bist du«, flüsterte er.

Jutta drängte sich seinen stürmischen Zärtlichkeiten entgegen. Sie brauchte ihm nicht zu sagen, mit welcher Sehnsucht sie auf ihn gewartet hatte. Der Mann konnte das aus ihren Küssen erfühlen. Endlich schob sie ihn sanft von sich und strich ihm die Stirnlocke zurück.

»Komm jetzt, wir wollen essen.«

»Moment mal«, sagte er geheimnisvoll und nahm eine Flasche Wein aus dem Rucksack. »Zur Feier des Tages eine Flasche Wein.«

»Zu welcher Feier denn?«

»Heute sind es zehn Tage, daß du bei mir bist. Dort im Schubladen ist ein Korkenzieher.«

Als Jutta sich umdrehte und den Schubladen öffnete, zog er schnell noch etwas aus seinem Rucksack und versteckte es hinter seinem Rücken.

»Und was habe ich noch?« fragte er lachend. »Rate mal!«

Ein leises Lächeln. Goldene Funken blühten in ihren Augen.

»Wie soll ich das wissen, Anton?«

Feierlich zog er ein himmelblaues Seidentuch hinter seinem Rücken hervor und legte es um ihre Schultern. Die langen Fransen schillerten im Licht der Lampe.

»Schön«, flüsterte sie in kindlicher Freude und sah ihn lange an. »Warum tust du das, Anton? Ich bin das alles gar nicht wert.«

Er wurde rot unter ihrem Blick, wandte sich ab und zog den Korken aus der Weinflasche.

»Es ist viel zu wenig, was ich dir geben kann«, sagte er. »Vielleicht wird es einmal besser. Heute hat mir der Schnitzler mehr Stundenlohn zugesagt. Das macht – paß auf, das macht in der Woche fünf Mark aus.«

»Ja?« fragte sie und sah ihn von der Seite an. Dann schenkte sie schnell die Gläser voll und forderte ihn zum Essen auf. »Greif zu, Anton. Du mußt doch hungrig sein.«

»Ja, aber zuerst wollen wir anstoßen. Auf unser Glück!«

Über den Rand des Glases hinweg beobachtete sie während des Trinkens sein Gesicht.

»Bist du wirklich glücklich, Anton?«

Er nickte und sah sie mit leuchtenden Augen an.

»Bevor du kamst, war alles so leer und tot um mich. Und jetzt...«

»Und jetzt?« forschte sie.

»Jetzt meine ich immer, ich lebe im Himmel. Ich hätte nicht geglaubt, daß man einen Menschen so lieben kann. Ich könnte alles für dich tun.«

»So sehr liebst du mich?«

»Vielleicht wirst du nie ganz erfassen, Jutta, was du mir bedeutest. Mir liegt auch nicht, große Worte zu machen. Du müßtest in mein Herz sehen können, dann wüßtest du alles.«

Ihr Gesicht war über den Teller geneigt. Plötzlich hob sie den Kopf.

»So ähnlich hat zu mir schon einmal einer gesprochen. Und dann war doch alles Lüge.«

»Du glaubst doch nicht, Jutta, daß ich lüge?«

»Du vielleicht nicht. Das habe ich auch nicht sagen wollen. Aber nun was anderes, Anton. Hast du schon daran gedacht, daß ich um vier Jahre älter bin als du?«

»Macht das was aus?« fragte er schnell.

»Im Augenblick vielleicht nicht, weil du verliebt bist. Aber die Jahre bleiben nicht stehen. Wenn ich fünfzig bin, bin ich vielleicht eine Frau mit grauem Haar. Du aber bist mit sechsundvierzig ein Mann in der besten Kraft, der es dann bitter bereuen wird, sich keine Jüngere genommen zu haben.«

»Keine Jüngere?« fragte er und sah sie an. »Du bist wie ein Mädchen und wirst nie alt werden. Es ist eigentlich ganz komisch, Jutta. Manchmal denke ich, du ersetzt mir eine Mutter. Und dann bist du doch wieder mein Mädchen.«

»Mutter und Geliebte also«, meinte sie und lächelte ihn unbeschwert an. »Aber genauso fühlte ich es auch manchmal. Wie war denn das vorher?«

»Was vorher?«

Jutta war jetzt mit dem Essen fertig und legte ihr Besteck

in den Teller. Dann faltete sie die Hände unter dem Kinn und schaute ihn an.

»Ich werde doch nicht die erste sein in deinem Leben?«

»Doch, Jutta. Ich bin außer dir noch nie einer Frau nahe gewesen. Ich will auch gar nicht wissen, wie du bisher gelebt hast. Das ist alles Vergangenheit. Wichtig ist nur, wie wir unser Leben gestalten werden. Jetzt kann ich es dir ja sagen, Jutta. In den ersten Tagen hatte ich manchmal eine unsinnige Angst, du könntest davonlaufen.«

Ihr Herz klopfte plötzlich ganz laut. Sieht er denn in mich hinein? dachte sie.

»Und jetzt?« fragte sie. »Hast du jetzt keine Angst mehr?«

»Nein, jetzt nicht mehr. Als fünf Tage vorbei waren, habe ich gewußt, daß du bei mir bleibst. Und es wird dich nie reuen, Jutta. Ich verdiene zwar nicht viel, aber es reicht, wenn man es zusammenhält. Übrigens – du hattest damals nach Ruhenpendling gefragt. Was wolltest du dort?«

»Mir eine Stellung suchen.«

»Na, siehst du! Das brauchst du jetzt nicht mehr. Nie mehr sollst du dich für fremde Leute abschinden. Nur noch für mich brauchst du da zu sein.«

Da stand sie auf, räumte das Geschirr ab, ging wieder zurück und legte die Wange an sein Gesicht.

»Dabei ist alles nur Zufall gewesen. Ich habe mich in der Kapelle zu lange verhalten. Sonst wären wir uns wohl nie mehr begegnet, Anton.«

»Hätte dir das leid getan?« forschte er.

»Ja, es hätte mir leid getan. Du hast mir etwas geschenkt, Anton, was mir verlorengegangen war. Den Glauben an die Menschen. Dafür will ich dir immer dankbar sein.«

Dann wusch sie das Geschirr, räumte zusammen, schlug das Deckbett auf und löste ihre langen Zöpfe. Die Pracht ihres Haars umrahmte ihr schmales Gesicht wie ein Bild.

Anton betrachtete sie mit engem Atem und ging dann, von ihrem bittenden Blick gezwungen, langsam hinaus.

Als er nach einer Weile wieder hereinkam, lag Jutta schon im Bett. Er löschte die Lampe und stand eine Weile unbewegt im Dunkel. Jutta hörte seinen Atem gehen und wußte, daß er nun nicht an ihrem Lager vorbeigehen würde in den Nebenraum, wo er seit ihrem Hiersein für sich ein Lager hergerichtet hatte.

Sie vernahm, wie er die Schuhe von den Füßen streifte. Dann stand er vor ihr und beugte sich nieder.

»Jetzt kann ich es dir ja sagen, Jutta, weil es dunkel ist«, begann er stockend. »Vorher habe ich mich geschämt. Ich bin heute beim Pfarrer gewesen.«

Ihre Hand, schon halb erhoben, um ihn zu streicheln, zuckte zurück. »Warum das?«

»Ich dachte – es wird dir recht sein, Jutta. Wir können doch nicht so weiterleben, ich meine – ohne Gesetz und Segen. Ich habe heute das Aufgebot bestellt. Bist du mir böse?«

Ganz still war es jetzt. Nur die kleine Uhr tickte. Lautlos rannen die Tränen über Juttas Gesicht. Sie hätte schreien mögen jetzt vor Jammer und Weh, weil sie in diesem Augenblick fühlte, daß sie ihn verlassen mußte.

»Ich kann dir doch nicht böse sein«, flüsterte sie und umschloß sein Gesicht. »Du bist ja ein so guter Mensch. Versprich mir aber, daß du nicht böse sein wirst, auch wenn es nicht mehr – so ist wie jetzt.«

»Wie könnte ich dir jemals böse sein, Jutta.«

»Dann ist es gut, Anton. Ich danke dir von ganzem Herzen für alles.«

Am Montag war es dann so wie jeden Morgen. Anton neigte sich beim Fortgehen noch mal über ihr Gesicht und zärtelte mit den Lippen über ihren Mund, ganz vorsichtig, weil er meinte, daß sie noch schliefe. Noch nie aber war Jutta so wach gewesen wie in dieser dunklen Morgenstunde. Leise ging Anton hinaus. Mit weiten Augen schaute Jutta ihm nach. Beim Öffnen der Tür floß das graue Morgenlicht über seine Gestalt und erfüllte den Raum mit fahlem Schimmer. Es wurde auch hernach nicht mehr ganz dunkel, denn Anton öffnete beim Weggehen noch beide Fensterläden. Lange sah Jutta vor sich hin. Dann schlug sie plötzlich die Hände vor die Augen und weinte.

Das dauerte lange, sehr lange. Immer wieder wurde sie von einem aushöhlenden Schmerz überfallen. Hernach aber war sie ganz ruhig, verschränkte die Hände hinter dem Nacken und starrte gegen die grobgezimmerte Decke. Ihr Leben ließ sie an sich vorüberziehen. Sie dachte an ihre armselige Kindheit und wie sie für ein Kalb hingegeben worden war. Sie dachte an ihre Geschwister, die auf irgendwelchen Höfen dienten. Zwei waren gestorben, die anderen tappten auch so mühsam durchs Leben. Jutta hatte keinerlei Verbindung mehr mit ihnen. Sie wußte nur, daß keines darunter war, das sich würde aufheben können aus dem Dunkel, in das ein trunksüchtiger Vater sie gestoßen hatte. Aber sie spürte die Kraft dazu in sich und den unbändigen Willen. Die Liebe des gutmütigen Anton Steger hätte sie beinahe wankelmütig gemacht. Nun aber wurde sie wieder ganz ruhig und sammelte sich für ihren Entschluß. Sie brauchte nur die Armut ringsum zu betrachten. Die Sehnsucht nach einem eigenen Haus, nach Wiesen und Feldern würde wohl immer ein Traum bleiben müssen.

Die Morgensonne fiel schon breit über die Wipfel her in den Raum, da stand Jutta auf. Sie wusch an der eiskalten Quelle die Spuren der Tränen fort. Dann strähnte sie ihr Haar und steckte mit Sorgfalt die Zöpfe über der Stirn auf, daß es aussah, als trüge sie eine Krone.

Es war wohl sinnlos, was sie jetzt noch tat, denn dem Anton Steger würde es sicher gleichgültig sein, wie die Hütte aussah, wenn er die Jutta nicht mehr vorfand. Trotzdem machte sie noch Ordnung. Sie schrubbte den Boden, wischte Staub, fand immer wieder etwas, was ihrer ordnenden Hand bisher entgangen war. Es war geradeso, als suchte sie nach einer neuen Arbeit, um noch ein Weilchen bleiben zu können. Nachdem sie aber auch das Abendbrot für Anton noch bereitgestellt hatte, gab es wirklich nichts mehr zu tun. Jetzt erst setzte sie sich hin und schrieb ein paar Zeilen an ihn.

»Ich kann nicht anders«, schrieb sie. »Vergiß mich, lieber Anton. Du wirst schon ein anderes Mädchen finden, das es Dir besser lohnen kann als ich. Habe herzlichen Dank für Deine Güte und Deine Liebe, die ich nicht wert bin. Jutta.«

Diesen Zettel legte sie auf den Tisch neben den Teller. Dann setzte sie sich noch mal auf die harte Bettkante und schaute umher. In der Ecke stand eine kleine Truhe, in die sie noch nie hineingeschaut hatte. Jetzt aber schaute sie auch da noch hinein und war erstaunt über die gähnende Leere. Nur ein paar Gegenstände ließen sich finden: ein Eisernes Kreuz, ein silbernes Sturmabzeichen, ein einzelnes Achselstück mit Silberlitze und einem Stern, das vergilbte Bild einer älteren Frau, in dem Jutta seine Mutter zu erkennen glaubte.

Gestern erst hatte er ihr ausführlich von seiner Mutter erzählt, die er bei seiner Heimkehr nicht mehr angetroffen hatte.

»Ja«, hatte er gesagt und dabei ihre Hand fester genommen. »Sie war tot, als ich aus dem Krieg zurückkam. Aber nun bist du in mein Leben gekommen, und alles ist wieder gut.«

Langsam schloß Jutta den Deckel der Truhe, und es tat ihr aufrichtig leid, daß sie gar nichts hatte, kein noch so kleines Andenken, das sie ihm zurücklassen könnte. Aber vielleicht war es gut, wenn er durch nichts an sie erinnert wurde.

Sorgfältig schloß sie die Hütte ab und hängte den Schlüssel hinter den Fensterladen. Zwar nahm sie sich vor, recht schnell davonzugehen und nicht zurückzublicken. Aber das ging doch über ihre Kraft. Immer wieder blieb sie stehen und umfing mit ihrem Blick abschiednehmend das kleine Haus, die Bäume und alles ringsum. Wenn sie es ehrlich bedachte, dann waren diese zwölf Tage die schönsten und sorglosesten ihres Lebens. Und vielleicht war es dumm, aus dieser Geborgenheit fortzurennen in die Ungewißheit. Aber da war das Ziel wieder, das sie irgendwo ahnte und das sie mit magischer Gewalt fortzog. Leuchtete es nicht schon hinter der rosenroten Wolke, die langsam über die Gipfel der Berge hinzog?

Sie gab sich einen Ruck und fing zu rennen an, bis sie atemschöpfend den Rand des Waldes erreichte und die feste Straße sie aufnahm. In der Tiefe sah sie den kleinen Kurort Ruhenpendling liegen und dachte daran, daß sie ursprünglich hier den »ganz anderen Platz im Leben« hatte einnehmen wollen. Das kam aber jetzt Antons wegen nicht mehr in Frage. Sie mußte ihre Spur verwischen, er durfte sie nicht finden.

Ihr Schritt war weitausholend, der Saum ihres Rockes wehte um ihre Glieder, daß die weißen Zwickelstrümpfe zu sehen waren. Um ihre Haarkrone flimmerte das Sonnenlicht und ließ es aufleuchten.

Still und freundlich lag der Ort da. Der Marktplatz war belebt. Kurgäste wandelten auf und ab. Zuweilen traf ein verwunderter Blick die hohe Gestalt in dem Bauerngewand. Jutta fühlte die Blicke in ihrem Nacken, und sie fühlte sie nicht ungern. Vor einem Schaufenster blieb sie stehen, tat so, als betrachte sie die ausgelegten Waren, indessen sie sich kritisch vom Fuß bis zum Kopfe musterte.

Die Ohrringe stehen mir gut, dachte sie, ihrem Spiegelbild zulächelnd. Sie freute sich ihrer gesunden weißen Zähne und mußte plötzlich daran denken, daß ihren Mund erst in dieser

Morgenfrühe der Anton noch geküßt hatte. Es war erst Stunden her, aber sie meinte, es sei schon vor Wochen gewesen.

Vor dem Kurhotel spielte eine Kapelle. An den Tischen saßen gutgekleidete Menschen unter rotgesprenkelten Sonnenschirmen. Langsam ging das Mädchen vorüber. Ja, das ist es, dachte sie. Von den feinen Herren müßte es einer sein. Dann könnte man ebenso an einem Tisch sitzen oder in einem Liegestuhl liegen und sich von der Sonne bescheinen lassen.

Auf einmal wurde sie ganz mutlos. Sie schlich vorüber und senkte den Kopf. Ich werde das nie erreichen, ging es ihr durch den Kopf. Es ist überhaupt Frevel, so hoch hinaus zu wollen. Und weiß man denn, wie bei denen das Leben hinter der schillernden Fassade aussieht?

Sie wußte wohl, wie das Leben an der Seite des Anton Steger aussähe. Es wäre ein karges, aber doch wohlbehütetes Leben. Unschlüssig blieb sie an einer Straßenecke stehen. Sollte sie zurückgehen und alle hochfliegenden Träume begraben?

Sie war wirklich nahe daran, es zu tun. Mutlosigkeit wollte sie erfassen.

In diesem Augenblick aber fuhr der große gelbe Postomnibus vor und hielt direkt vor ihr. Ein paar Leute stiegen aus, andere stiegen ein, und da sie immer noch unschlüssig mit ihrem Bündel dastand, neigte sich der Fahrer aus der offenen Tür und fragte: »Na, was ist's? Wollen Sie mit?«

Da stieg sie ein und verlangte eine Fahrkarte nach der Kreisstadt.

Der Beamte im Arbeitsamt hob bedauernd die Schultern und spielte mit seinem Bleistift.

»Das tut mir leid. Ich habe nichts dergleichen. Es sei denn, Sie möchten zu einem Bauern. Da könnte ich Ihnen gleich ein Dutzend gute Plätze vermitteln.«

»Seit meinem dreizehnten Lebensjahr bin ich bei Bauern

gewesen. Verstehen Sie denn nicht, daß ich nicht ewig Magd sein will?«

»Natürlich verstehe ich das«, sagte er. »Aber so einfach ist das heutzutage nicht.«

Mutlos ließ Jutta den Kopf sinken und dachte eine Weile nach.

»Eine Landwirtschaft, wo ein Gasthaus dabei ist«, meinte sie dann. »Vielleicht in der Küche dort, oder als Zimmermädchen.«

Der Mann am Schalter zog einen Karteikasten heran und fing an zu blättern. Wenn er nichts findet, dachte Jutta, dann ist es ein Wink des Schicksals, daß ich wieder zu Anton in die Waldhütte zurückkehren soll.

»Da hätten wir schon was«, ließ sich jetzt der Beamte vernehmen. »Der Paßwirt in der Lahn sucht eine Magd. Allerdings auch für seine umfangreiche Landwirtschaft. Aber vielleicht hätten Sie dort die Möglichkeit, nach einiger Zeit ins Gasthaus überzuwechseln.«

»Gut, das nehme ich«, sagte Jutta schnell. »Und wo ist die Lahn?«

»Das ist allerdings recht weit weg. Ganz droben, an der Grenze ins Tirol. Um vier Uhr herum geht ein Omnibus in diese Richtung.«

»Recht schönen Dank!«

»Nichts zu danken. Ist wirklich gern geschehen. Sollte es Ihnen dort nicht gefallen, kommen Sie nur wieder. Ich werde dann schon was anderes ausfindig machen.«

Punkt vier Uhr fand sich Jutta an der Bushaltestelle ein. Die Fahrt ging zuerst auf schnurgerader Straße dahin, die aber bald zu steigen begann. In engen Serpentinen ging es höher und höher. Durch Wälder ging es, dann über weite Flächen üppigen Weidelandes mit schönen Höfen. Das Gebirge war zum Greifen nahe.

Die Vegetation wurde immer spärlicher, je höher sie kamen. Bald sah man keine Obstbäume mehr, die letzten Kornfelder blieben zurück. Die Insassen des Omnibusses gaben sich ganz dem Zauber dieser wildschönen Landschaft hin. An ihren Gesprächen erkannte Jutta, daß es Fremde waren, die ebenfalls erstmals in die Gegend kamen.

Als der Bus wieder einmal eine weitausholende Schleife überwunden hatte, sah man plötzlich weit drüben ein riesenhaftes Gebäude liegen. Weiß und wuchtig schimmerten die Mauern in der Sonne. Jemand fragte den Fahrer, ob das das Paßwirtshaus in der Lahn sei.

»Ja, das ist die Lahn. Drei Kilometer noch«, gab der Mann Auskunft.

»Stimmt das, was der Mann in seinen Prospekten anpreist?« fragte die Stimme von vorhin wieder. »Gute Küche, gepflegte Weine und komfortable Zimmer?«

»Hat er die Luft nicht angeführt in seinen Prospekten? Die gute Luft, von der der Paßwirt behauptet, jeder Atemzug davon sei drei Mark wert?« fragte der Fahrer lustig zurück, hielt es aber dann doch für angebracht, der Wahrheit gemäß Auskunft zu geben.

Es stimmte alles haargenau, erklärte er. Zu Lebzeiten der Frau sei die Küche zwar noch besser gewesen, reichhaltiger wenigstens. Die verstorbene Paßwirtin habe auch nie vergessen, dem Busfahrer oder den Bierfahrern eine gute Brotzeit hinzustellen. Dagegen sei die Haushälterin Therese ein richtiger Geizkragen.

Jutta hatte aufgehorcht und fragte nun schüchtern:

»Wann ist denn die Frau gestorben?«

»Vor zwei Jahren.«

»Sind Kinder da?« fragte jemand anderer.

»Bloß eine Tochter. Aber die ist nicht zu Hause. Nach dem Tod der Frau hat der Paßwirt sie in ein Institut gegeben. Es heißt, er habe ihr trauriges Gesicht nicht um sich haben wollen.«

So erfuhr also Jutta schon auf der Hinfahrt das Wesentlichste, was es über die Lahn zu berichten gab. Es war ihr ein wenig bang zumute, je näher sie kam. Das letzte Stück der Straße war nun wieder eben, und nach wenigen Minuten schon hielt der Bus vor dem Paßwirtshaus. Wirtshaus konnte man es kaum nennen. Dieser Name mochte ihm wohl von früheren Jahren her noch anhaften, bevor Gregor Schaller, der jetzige Besitzer, es renoviert hatte. Diesen wuchtigen Gebäudekomplex mit den meterdicken Mauern Hotel zu nennen, wäre wiederum etwas großspurig gewesen. Es sah eher aus wie eine Burg mit einem Laubengang. Dahinter winzige Fenster mit Butzenscheiben, in Blei gefaßt. Das obere Stockwerk aber hatte große Fenster und Glastüren, die auf einen breiten Balkon hinausführten, auf dem eine Menge Liegestühle standen.

Die Reisenden, etwa acht oder neun Personen, waren nun ausgestiegen. Ein mürrischer alter Hausknecht nahm die Koffer in Empfang. Unter der Tür stand eine etwa vierzigjährige Frau, groß und hager, und begrüßte die Gäste. Ihr Gesicht war spitz, die Augen flink und mißtrauisch. Das Lächeln, mit dem sie die Gäste begrüßte, war Maske. Das empfand Jutta sofort. Sie stand noch etwas abseits bei der Terrasse aus Quadersteinen. Da streckte die Frau unter der Tür das Kinn vor und fragte: »Und was wollen Sie?«

Jutta trat ein paar Schritte vor und zog die Karte vom Arbeitsamt hervor.

»Ich bin hergeschickt worden vom Arbeitsamt, als Magd.«

»Wo waren Sie vorher?«

»Weit weg, im Ried.«

»Und sind mitten im Sommer davongelaufen?«

Jutta zog die Brauen hart zusammen. Das war ja wie ein Verhör!

»Es ging nicht anders.«

»Na ja, mich geht das nichts an«, sagte das Spitzmausgesicht und wurde noch um einen Schein abweisender. »Da ist der Baumeister zuständig.«

»Und wo kann man den Mann finden?«

Fräulein Therese betrachtete die Fragerin mißtrauisch von oben bis unten.

»Finden? Was weiß denn ich? Ich kümmere mich nicht um den Hof.«

Damit drehte sie sich um und ging ins Haus. Unschlüssig stand Jutta noch eine Weile da und sah sich um. Dann nahm sie ihr Bündel und ging zum Hof hinüber, der etwa dreihundert Schritte entfernt lag.

Auch diese Gebäude waren weit und stark gebaut. Sauberkeit blitzte aus allen Ecken und Enden. Die Stalltüren standen weit offen, und Jutta sah prachtvolles Vieh in den Gängen stehen. Neugierig trat sie näher und stieß einen Ruf der Verwunderung aus. In diesem Stall war alles nach den modernsten Gesichtspunkten angelegt. Wie weit, dachte sie, sind die im Ried dagegen noch zurück! Hier mußte ja ein prachtvolles Arbeiten sein.

Aus einem Nebenhaus kam eine junge Magd mit einem Eimer voll Milch. Wo der Baumeister zu finden sei, fragte Jutta.

»Er wird im Wohnhaus sein.«

Im Wohnhaus traf sie den Baumeister Richard Berger. Er war gerade im Begriff, in die Küche zu gehen, die am Ende des Flures lag, als er die fremde Frau bemerkte. Langsam wandte er sich um.

»Was wünschen Sie?«

Jutta wiederholte, daß sie vom Arbeitsamt geschickt sei.

Der Mann betrachtete sie und strich dann seinen Schnauzbart. »Ja, hier wird eine Magd gesucht. Nur ...«

»Was nur?«

»Du siehst nicht aus wie eine Magd. Hast du Zeugnisse?«

»Ja, habe ich.«

»Na, dann komm mit rein.« Der Baumeister öffnete eine Tür und ließ Jutta in ein kleines Zimmer treten, das eine entfernte Ähnlichkeit mit einem Büro hatte. Er schob ihr einen Stuhl zu und nahm ihre Zeugnisse entgegen.

»Donnerwetter«, sagte er nach einer Weile. »Vierzehn Jahre warst du auf ein und demselben Platz? Dann mußt du die Arbeit schon können. Ist das dein ganzes Gepäck?«

»Ich habe noch zwei Koffer in Rieding.«

»Rieding? Wo liegt denn das Nest?«

»Weit weg von hier.«

»Dann schreib eine Karte, daß man dir die Koffer schickt. Du kannst hier gleich anfangen. Und nun komm mit zu meiner Frau. Du wirst Hunger haben.«

Er ging mit ihr in die Küche, wo eine rundliche Frau am Herd hantierte.

»Da hab ich eine Neue, Anna. Gib ihr zu essen und zeig ihr dann, wo sie schlafen kann.«

Die Frau wischte sich die Hand an der Schürze ab und streckte sie Jutta hin. »Willkommen in der Lahn! Alt wirst du freilich hier nicht werden.«

»Wieso?« fragte Jutta betroffen.

»Das wirst du bald genug merken«, antwortete die Frau und wandte sich wieder dem Herd zu.

»Es ist nämlich so bei uns«, erklärte der Baumeister. »Jede Woche wird gewechselt, das heißt, jede Woche muß eine andere von den Mägden hinüber in den Gasthof. Das hat der Herr so angeordnet, weil, wie er sagt, seine Gäste nicht wochenlang das gleiche Gesicht im Flur sehen sollen. In Wirklichkeit aber ist es so, daß es neben der Therese keine länger als eine Woche aushält und jede froh ist, wenn sie wieder in den Hof herüber kann.«

»Therese?« fragte Jutta. »Ist das die mit dem Spitzmausgesicht?«

»Spitzmausgesicht?« Der Baumeister lachte und schlug sich auf die Schenkel. »Laß sie das ja nicht hören, sonst kannst du gleich mit dem nächsten Bus zurückfahren! Spitzmausgesicht! Hast du gehört, Anna? Spitzmausgesicht sagt sie!«

Die Frau des Baumeisters stellte jetzt einen Holzteller mit Rauchfleisch und Brot vor Jutta hin und setzte sich dann an die Seite ihres Mannes.

»Es ist auch bloß, weil alle sie fürchten und niemand ihr zu widersprechen sich getraut«, meinte sie.

»Ich fürchte sie nicht«, lachte Jutta und schnitt sich beherzt ein Stück von dem Rauchfleisch ab. »Ich tue meine Arbeit und habe sie immer richtig getan. Und wenn jemand meint, daß er mich drangsalieren kann, mag er es getrost einmal versuchen. Ich weiß mich schon zu wehren.«

Plötzlich, nach einem zufälligen Blick auf die Uhr, versteinte sich Juttas Gesicht. Jetzt wird der Anton bald heimkommen, dachte sie. Was wird er tun, wenn er mich nicht vorfindet? Sehnsucht erfaßte sie, und Traurigkeit senkte sich schwer über ihr Herz. Sie schob den Teller zurück.

»Danke schön, ich bin schon satt. Kann ich jetzt meine Kammer sehen?«

Die Frau führte sie in das obere Stockwerk und öffnete eine der vielen Türen. Kaum allein, warf Jutta sich auf das Bett und weinte. Mit einem Mal kam sie sich wieder so grenzenlos einsam und verlassen vor wie damals, als sie als Dreizehnjährige in das Ried geschickt wurde. Wie ein Kind kam sie sich vor, das sich verlaufen hat und nicht mehr zurückfindet in das warme Nest. Und der Empfang hier war, abgesehen von der freundlichen Aufnahme durch die Baumeisterleute, recht frostig gewesen. Wie ein Steinbild war diese Therese unter der

Tür gestanden, wo Jutta erwartet hatte, daß der Herr dieses großen Besitztums, Gregor Schaller, sie selbst in seine Dienste nehmen würde.

Merkwürdig, daß ihr gerade jetzt die Worte ihrer verstorbenen Mutter einfielen. Wie hatte sie doch gesagt?

»Und wenn du es schwer hast, dann denke immer, daß wir nicht geboren worden sind, um es leicht zu haben. Denke bei allem, was du tust, daß Gott dir zuschaut und die Rechnung deines Lebens mitschreibt...«

Hatte sie denn in ihrem kümmerlichen Leben Unrechtes getan? Sie hatte gearbeitet, geschuftet und gerackert für andere. Sie hatte sich nichts vorzuwerfen. Oder doch? War es nicht ein Unrecht, was sie dem Anton Steger angetan hatte? Du sollst keinen Menschen enttäuschen. Nein, das stand nicht unter den zehn Geboten. Aber es sah doch beinahe auch so aus wie eine Sünde. Eine Sünde, begangen am Herzen eines gläubigen Menschen. Vielleicht wurde ihm der Glaube an die Menschheit dadurch zerstört. Vielleicht verzweifelte er an sich selber.

Nein, ihr war gar nicht recht wohl in dieser Stunde, zumal es danach aussah, als wäre es in der Lahn hier auch nicht das Leben, das sie gesucht hatte. Sie war Bauernmagd geblieben und durfte nur nach einem strenggeregelten Reglement einmal für eine Woche im Gasthof Hausmagd sein.

Als sie sich etwas beruhigt hatte, trat sie an das kleine Fenster und war betroffen von dem wundervollen Ausblick, der sich ihr bot. Unmittelbar hinter den Weidezäunen stiegen die Felswände auf. Ein Wasserfall, anzusehen wie ein breites Silberband, stürzte in die Tiefe. Überall lagen große Felsbrocken mitten in der Wiese. Dazwischen wanderten buntscheckige Kühe mit bimmelnder Glocke.

Im selben Augenblick wurde Motorengeräusch vernehmbar. Jutta richtete den Blick zum Gasthof hinüber. Über die letzte Kehre kam in scharfem Tempo ein offener Wagen und hielt mit einem Ruck vor der Terrasse.

Ein Mann stieg aus, warf krachend den Schlag zu und gab dem Hausknecht irgendeinen Auftrag. In der Stille des werdenden Abends hörte man jedes Geräusch mit aller Deutlichkeit bis zum Hof herauf. Die Stimme des Mannes war kraftvoll und dunkel. Seine Gestalt war gedrungen, breitschultrig und starkknochig. Als er jetzt den wuchtigen Schädel mit einer eigentümlichen Bewegung zurückwarf, sah Jutta ein volles, rundes Gesicht mit einem schwarzen, eckig gestutzten Kinnbart. Das weiße Leinenhemd stand am Hals offen. Die graue Lodenjoppe trug er unter dem Arm.

Plötzlich kam das Mädchen am Fenster in sein Blickfeld. Ganz deutlich konnte Jutta verstehen, wie er den Hausknecht, der gerade einige Schachteln und Körbe aus dem Wagen hob, fragte:

»Wer ist das dort drüben?«

»Wer?« fragte der Alte zurück.

»Frag nicht so dumm! Dort, schau hinüber zum Hof. Am zweiten Fenster oben.«

»Es wird die Neue sein, die heut gekommen ist.«

Da trat Jutta vom Fenster zurück. Sie wußte nun, daß dieser herrische Mann da drüben der Paßwirt Gregor Schaller war.

Genau um diese Zeit war es, daß Anton Steger vom Holzschlag zurückkam. Er stellte die Axt im Schuppen ab und schlich dann vorsichtig um die Hütte. Er wollte Jutta überraschen. Den ganzen Hut hatte er voll dunkler Erdbeeren.

Zuerst spähte er zum Fenster hinein und stutzte. Der feierlich gedeckte Tisch, ein Weinglas dabei, ein Zettel neben dem Teller. Von Jutta war nichts zu sehen. Mit ein paar Schritten war er an der Tür und fand sie verschlossen. Angst fiel über ihn her. Mit einem Griff holte er den Schlüssel hinter dem Fensterladen hervor und sperrte auf.

Anton Steger las den kurzen Brief zweimal und dann noch ein drittesmal, bis er vollends begriff, was er zu bedeuten hatte. Und dieses Begreifen war so schrecklich für ihn, daß er meinte, die Erde müßte sich unter seinen Füßen öffnen und er in ein dunkles Grab versinken.

Weiß bis in die Lippen stand er wie angewurzelt mitten in der Stube. Dann drehte er sich um und ging hinaus, gebeugt wie nach einem verlorenen Kampf. Wer konnte das verstehen? Gestern war alles noch voll rosenroter Träume gewesen. Heute nun stand er allein da, mit leeren Händen.

Zwölf Tage nur war sie um ihn gewesen. Was mochte sie nur bewogen haben, ihn zu verlassen?

Ich habe ihr zu wenig Liebe gegeben, dachte er verzweifelt. Keine Stunde hätte ich sie allein lassen dürfen. Sie hat sich einsam gefühlt, verlassen. Sie hatte das Leben in der Stille nicht ertragen können. Aber er wäre doch mit ihr überallhin gegangen. Sie hätte ja nur ein Wort zu sagen brauchen...

Anton Steger rannte lange im Wald umher. Wie im Nebel tappte er umher, Unruhe und Kummer im Blut.

»Jutta – Jutta!« schrie er in seiner Verzweiflung laut vor sich hin. Aber nur das Echo antwortete ihm. Ein Käuzchen schrie in der Tiefe des Waldes. Wie ein spöttisches Gelächter hörte es sich an. Verzweifelt preßte er die Fäuste an die hämmernden Schläfen.

»Und ich Narr habe ihr geglaubt!«

Eine schwere Müdigkeit überfiel ihn. So schwer wie damals, als er verwundet und einsam unter einem fremden Nachthimmel bei Charkow gelegen und nicht mehr an ein Heimkommen hatte glauben können. Wäre er doch damals von den Sanitätern übersehen worden, dann brauchte er jetzt nicht diese Qualen zu erdulden.

Aber war das nicht auch vorübergegangen? Hatte er nicht die Heimat wiedersehen dürfen? So wird auch dies vorübergehen. Freilich, von seiner Verwundung war nur eine Narbe am linken Oberschenkel zurückgeblieben. Von dieser Enttäuschung aber würde eine Narbe in seinem Herzen zurückbleiben und ihn schmerzen, so wie ihn die andere Narbe bei Wetterwechsel zuweilen schmerzte. Diese Schmerzen aber waren anderer Art. Es gab Wunden, heimliche Wunden, die durch nichts zu heilen waren. Jetzt trug er solch eine Wunde in seinem Herzen. Eines fühlte er in dieser Stunde mit unbeirrbarer Deutlichkeit: nie würde er dieses Mädchen vergessen können.

Er wußte nicht, wie lange er so auf dem Baumstumpf gesessen hatte. Der Tag war erstorben, das letzte Abendlicht über den Wipfeln erloschen. Langsam suchte er den Weg zur Hütte zurück. Aber als er sie in dem fahlen Mondlicht liegen sah, hatte er plötzlich Angst, sie zu betreten. Sie konnte ihm nun nicht mehr schützendes Dach und Heimstätte sein, sondern nur ein Raum mit schmerzlichen Erinnerungen. Und was er noch nie getan hatte, jetzt tat er es. In jagender Hast rannte er durch den Wald hinunter, saß dann in einem Wirtshausgarten und betrank sich sinnlos.

Am anderen Morgen saß Jutta in der Gesindestube unter den anderen Leuten des Lahnhofs. Alle starrten sie an. Die Männer betrachteten ihre schlanke Gestalt mit Wohlgefallen, die Mägde musterten sie etwas verstohlen und konnten sich nicht denken, wie diese Neue es fertigbringen wollte, der bissigen Therese drüben zu trotzen. Die Baumeistersfrau hatte es ihnen am Abend vorher erzählt, und sie hatten nun voller Spannung auf die Neue gewartet.

In diesem Augenblick ging die Tür auf, und Gregor Schaller, der Paßwirt, betrat die Stube.

»Morgen«, sagte er knapp und blieb neben der Tür stehen. Unter seinen buschigen Brauen heraus sah er eines nach dem anderen an. Zuletzt blieb sein Blick auf Jutta haften. Sie senkte den Blick nicht vor seinen forschenden grauen Augen. Nein, ganz blank und frei sah sie ihn an. Und da meinte sie, um seinen Mund zucke ein spöttisches Lächeln. Von ihr wegblickend, wandte er sich an den Baumeister.

»Habt ihr gestern das Grummet von der Göllwiese heimgebracht?«

»Ja, die Dreiecksbreite am Lofer ist auch gemäht«, antwortete Berger.

»Gut, gut«, lobte Gregor Schaller und setzte sich auf das alte Ledersofa neben dem Ofen. Unter seinem Gewicht knarrten die Federn. Bedächtig biß er einer Zigarre die Spitze ab und zündete sie an. Dann lehnte er sich zurück und blies den Rauch gegen die Decke. Jutta betrachtete ihn in aller Ruhe, während sie nebenbei ihre Milch trank und von dem dunklen Bauernbrot abbiß. Auch heute trug er wieder die lederne Bundhose mit grauen Wollstrümpfen und schwergenagelten Schuhen. Die Ärmel seines Hemdes waren aufgekrempelt, als hätte er schon eine schwere Arbeit hinter sich. Zuweilen streichelte er den ihm zu Füßen liegenden Baumeisterhund.

Jutta sah weiter, daß der sauber ausrasierte Kinnbart noch ganz dunkel war, während sein dichtes Haar an den Schläfen schon graue Fäden zeigte. Das ist also ein Mensch, dem das Liebste auf Erden weggestorben ist, dachte Jutta. Vielleicht kamen daher die grauen Fäden in seinem Haar, denn so alt konnte er noch nicht sein. Ob er wohl recht glücklich war? sinnierte sie weiter.

In diesem Augenblick rückte der Vorknecht lärmend die Bank zurück. Er war mit seinem Frühstück fertig, griff nach seinem Hut und ging hinaus. Die anderen folgten ihm nach und nach. Als Jutta durch die Stube ging, richtete sich der Paßwirt unwillkürlich in den Schultern auf, nahm die Zigarre aus dem Mund und schaute aus schmalen Augen auf sie.

»Du bist neu hier?« fragte er aufstehend.

»Ja, gestern bin ich gekommen, Herr«, antwortete Jutta.

Gregor Schaller stand jetzt nahe vor ihr. Sie waren nurmehr allein in der Stube. Er faßte unter ihr Kinn und lächelte:

»Ich wünsche, daß es dir in der Lahn gefällt. Was den Lohn und die Arbeitseinteilung betrifft, das ist des Baumeisters Sache. Beschwerden sind an mich zu richten. Wie alt bist du?«

»Ich werde achtundzwanzig, Herr.«

Seine Brauen hoben sich ein wenig.

»Du siehst jünger aus. Warum bist du von deinem letzten Platz mitten unterm Jahr davon?«

»Es gefiel mir nicht mehr dort.«

»Mhm. Aha. Es gefiel dir nicht mehr. Schon gut. Hoffentlich gefällt es dir bei uns. Du kannst jetzt gehen.«

Vom Fenster aus blickte er ihr nach, wie sie über den Hof ging, bis sie seinen Blicken entschwand. Dann schüttelte er über sich selber den Kopf.

Nie erschien er sonst zu so früher Stunde auf dem Hof. Heute hatte ihn das fremde Gesicht hergetrieben, das er gestern flüchtig an einem Fenster gewahrt hatte. Merkwürdig, merkwürdig, dachte er und rieb sich mit den Knöcheln den Bart. Dann ging er ins Büro und ließ sich vom Baumeister Juttas Papiere geben.

Lange und aufmerksam studierte er das, was der Hafner vom Ried in ihr Dienstbüchlein geschrieben hatte. Dann sagte er:

»Hast du sie schon bei der Krankenkasse angemeldet?«

»Ich bin gerade dabei, es zu tun.«

Der Paßwirt nickte.

»Es wird bei ihr genauso gehandhabt wie bei den anderen«,

sagte er dann. »Eine Woche drüben im Gasthof Dienst in Fremdenzimmern und Küche. Wer ist nächste Woche an der Reihe?«

Der Baumeister schlug ein abgegriffenes Schulheft auf. Gregor Schaller sah ihm belustigt zu, wie er seine lange Nase vorstreckte und mit dem Zeigefinger eine Reihe von Namen entlangfuhr. Nun sah er auf.

»Nächste Woche ist die Kathrein dran, Paßwirt.«

Schaller verzog sein Gesicht, als ob er in eine Zitrone gebissen hätte.

»Die Kathrein ist gerade die, die am allerwenigsten mit der Therese zurechtkommt. Paß auf, Berger. Du streichst die Kathrein von der Liste und schickst gleich nächste Woche die Neue hinüber. Mir will scheinen, sie ist ein wenig stolz. Aber die Therese wird ihren Stolz schon brechen. Was meinst du?«

»Ich weiß nicht, Herr. Vielleicht ist sie endlich einmal eine, die sich nicht einschüchtern läßt. Arbeiten scheint sie zu können, sonst wäre sie nicht vierzehn Jahre auf einem Platz gewesen.«

Der Paßwirt, schon im Weggehen, drehte sich unter der Tür noch mal um.

»Willst du damit sagen, daß man es in der Lahn keine vierzehn Jahre aushält? Potztausend, Berger, was ist denn bei uns los? Dauernd wechseln jetzt die Mägde, und früher blieben sie jahrelang.«

»Früher war die Frau da, das war ganz was anderes.«

»Das kann nicht der einzige Grund sein.«

Der Baumeister kratzte sich den Kopf und blickte zur Seite.

»Nur raus mit der Sprache! Du weißt, daß ich ein offenes Wort immer gern höre und auch verlange. Wo fehlt es also?«

»In der Lahn selbst sind alle gern. Aber die acht Tage Dienst im Gasthof drüben sind für jede ein Fegefeuer.«

»Die Therese also. Kann sein, daß du recht hast. Ich werde

der Sache nachgehen. Es bleibt also dabei. Am nächsten Montag die Dingsda – wie heißt sie gleich?«

»Jutta Freiberger.«

»Ach ja, richtig. Jutta. Ein komischer Name übrigens. Findet man bei uns selten.«

Dann ging der Paßwirt, schaute aber auf dem kurzen Weg von den Gutsgebäuden bis zum Gasthof wohl dreimal zum Hang hinauf, wo die Mägde das frisch gemähte Grummet ausstreuten, und erkannte jedesmal sofort die Neue, weil keine von den Mägden so groß und schlank war wie sie.

Dann war er auf der Terrasse angelangt, wo ein Teil der Sommergäste bereits an den Frühstückstischen saß. Die Hände aus den Hosentaschen nehmend, machte er seine Reverenzen. Da und dort blieb er stehen und reichte seine Hand.

»Guten Morgen, Herr Regierungsrat. Gut geschlafen? Recht schönen Morgen, gnä' Frau. Sehn heute wieder blendend aus.«

»Sie Schmeichler«, lachte die noch junge Frau des Regierungsrats und hob die langen Wimpern. Er aber schaute schon zum nächsten Tisch hinüber.

»Ah, Herr Doktor! Auch schon munter? Geht etwas ab, gnä' Frau?« fügte er hinzu, weil er sah, wie die Frau etwas suchte.

»Ich weiß nicht«, sagte die Frau und strich dick Butter auf eine geteilte Semmel. »Ich war der Meinung, es gäbe auch Honig zum Frühstück.«

»Natürlich gibt es Honig. Potztausend noch mal! Afra, wo bleibt der Honig?«

Wie der Blitz drehte sich das Bedienungsmädchen um und surrte ins Haus. Schaller aber machte seinen Rundgang weiter durch die Tischreihen. Seine Nagelschuhe klapperten dabei wie Hammerschläge auf den Fliesen aus Marmorbruchsteinen.

Währenddessen erfuhr Jutta auf der Wiese von den anderen Mägden, was es über den Paßwirt Schaller zu erfahren gab. Es war nichts Nachteiliges. Er war ein strenger, aber gerechter Herr, zu dem man jederzeit mit seinen Sorgen kommen konnte. Obgleich er ein beträchtliches Vermögen besaß, von dessen Zinsen er leicht das angenehme Leben eines Privatiers hätte führen können, war er dennoch bestrebt, ein bodenständiger Bauer zu sein, seine Lederhosen zu tragen, die Wiesen seiner Vorväter abzuernten und bestes Simmentaler Vieh in den Ställen zu halten.

Jutta nahm das alles mit dem größten Interesse zur Kenntnis. Jedes Wort, das die Mägde daherplapperten, war ihr von ungeheurer Wichtigkeit, obwohl sie selber nicht hätte sagen können, warum.

»Woran ist denn die Frau gestorben?« fragte sie.

Die Frau habe seit Jahren ein krankes Herz gehabt. Plötzlich sei es stillgestanden. Die Trauer um sie sei bei allen am Hof ehrlich gewesen. Niemand gebe sich der Täuschung hin, daß – sollte dem Paßwirt das Heiraten wieder einfallen – eine solche Frau in die Lahn kommen würde, wie die Verstorbene eine gewesen war.

»Wo ist denn die Frau hergekommen?« fragte Jutta weiter.

Vroni, die Großmagd, deutete mit dem Rechenstiel in südliche Richtung, wo zwischen zwei bewaldeten Hügelrücken gerade noch das Dach eines größeren Gebäudekomplexes zu sehen war.

»Dort droben war sie daheim. Den Johanniterhof hat sie in die Ehe eingebracht und so den Reichtum des Paßwirts noch vergrößert.«

»Wer bewirtschaftet den Hof jetzt?« wollte Jutta wissen und war ein wenig enttäuscht darüber, daß ein Mensch so vieles, ein anderer wieder gar nichts hatte.

»Die Wiesen werden von uns bewirtschaftet«, wurde ihr

geantwortet. »Die zwei Dutzend Jungtiere versorgt ein Schweizerpaar.«

Jutta überlegte, was sie noch fragen, was alles für sie noch wissenswert sein könnte. Aber sie meinte, daß sie nun fürs erste schon genug erfahren habe. In ihrem Kopf verdichteten sich die kühnsten Gedanken, die sie gleich wieder weit wegschob. Hatte sie denn ein Größenwahn erfaßt? Sie war doch hier auch nichts weiter als Magd unter Mägden. Wenn ein Mann im hohen Mittagsalter sie unter das Kinn faßte, so konnte das noch lange kein Grund dafür sein, anzunehmen, daß er besonderes Interesse an ihr hatte. Vielleicht war es seine Art, so ein wenig väterlich wirken zu wollen.

An diesem Tage bekam sie den Paßwirt nicht mehr zu Gesicht. Auch am nächsten Tag nicht. In der Nacht darauf aber hätte Jutta bloß einen Blick zum Fenster hinauszuwerfen brauchen. Unweit des Hofes saß der Paßwirt auf einem Felsblock, die Fäuste auf seine Schenkel gestützt, und starrte die Reihe der Fenster entlang.

Dort, hinter dem zweiten Fenster, muß sie sein, dachte er und stampfte dann ärgerlich mit dem Fuß auf. Zum Teufel, was kümmerte ihn dieses fremde Frauenzimmer! Er verstand sich selber kaum mehr. Seit gestern hatte ihn eine seltsame Reizbarkeit erfaßt. So arg war es gewesen, daß er nun zwei Tage den Hof gemieden hatte. Und nun saß er hier und schmachtete zu den Magdfenstern hinauf wie ein verliebter Jüngling!

Mit einem Ruck erhob er sich und ging zum Gasthof hinunter.

»Bring mir einen Schoppen Wein, Afra«, befahl er. Dann saß er in seinem geschnitzten Eichenstuhl neben dem großen Kachelofen, trank Schoppen um Schoppen, bis die Standuhr die Mitternacht schlug.

Am andern Abend saß Jutta müde und abgespannt von der Gluthitze des Tages hinter der Scheune. Die fernen Wälder lockten sie. Sie lagen etwas tiefer, in westlicher Richtung, eingehüllt in lilafarbene Schatten. Der Windhauch trug ihr den Fichtengeruch wie einen freundlichen Gruß auf.

Nach einer Weile stand sie auf und wanderte einen schmalen Pfad entlang, stieg dann über ein paar Zäune, öffnete ein Gatter und schloß es hinter sich. Am Saum des Waldes setzte sie sich auf einen umgerissenen Baumstamm und ließ den Blick umherschweifen. Weit verstreut lagen die Höfe an den Berghängen, drunten in der Tiefe des Dorfes Amlangen die Eisenbahnstation und weiter abseits ein großes Sägewerk. Alles war umschimmert von einem milden Abendlicht. Die Berge flammten in roten und orangenen Farben. Ringsum war Stille. Nur den Wasserfall hörte man leise rauschen.

Angesichts dieser unendlichen Ruhe empfand Jutta plötzlich wieder ihre große Verlassenheit. Das Erlebnis mit Anton hatte sich tiefer in ihr eingenistet, als sie es hatte wahrhaben wollen. Und gerade jetzt wurden die Stunden des Zusammenseins mit ihm wieder lebendig.

Die Arme auf die Knie gestützt, das Gesicht in die Hände gebettet, saß sie regungslos da. Sie sah, wie die Farben langsam erloschen, wie der Himmel seinen Glanz verlor und ein erster Stern einsam aufzuckte.

Ob wohl auch Anton diesen Stern sieht? grübelte sie. Dabei suchten ihre Augen unwillkürlich die Richtung, in der die Hütte liegen könnte. Diese kleine Hütte – und hier diese wuchtigen Bauten...

Aber konnte in einer Hütte das Glück nicht tiefer nisten als inmitten protzenhaften Reichtums? Was war denn eigentlich Glück? Einen Menschen ganz tief und innig zu lieben, so wie sie den Günther Halm geliebt hatte, das mußte doch Glück sein. Und doch hatte dabei die letzte, innere Verbundenheit gefehlt, sonst wäre dieses Glück nicht entzweigesprungen.

Plötzlich schlug ein Hund hinter ihr an. Ein leiser Pfiff, und knurrend gehorchte der Hund. Aus dem niederen Kiefernwald kam der Paßwirt Gregor Schaller, das Gewehr hinter der Schulter, den Schweißhund an der Leine. Unwillkürlich stockte sein Fuß, als er Jutta sitzen sah. Sie hob das Gesicht und stand auf.

»Aha«, sagte er. »Da sitzt man und träumt! Wem träumst du denn nach?«

Ganz eigentümlich klang seine dunkle Stimme.

»Ich träume niemandem nach«, antwortete Jutta.

»Wer's glaubt!« Dann nahmen seine grauen Augen sie fest ins Blickfeld. Seine Brauen hoben sich ein wenig. Hat das Mädchen etwa auf ihn gewartet? Trau den Weibern nicht. Ganz sicher hatte sie ihn am Abend auf die Jagd gehen sehen. Ein Schmunzeln ging um seinen bärtigen Mund. Schau einmal einer an, dachte er, da könnte ich sie wohl ein bißchen in die Arme nehmen, was? Es schaute nicht so aus, als ob sie schreien würde. Aber es fehlte ihm der Mut dazu. Es irritierte ihn auch, daß sie größer war als er.

Ein kühler Hauch des aufkommenden Nachtwindes traf Juttas Wange. Aber nicht darüber erschrak sie, sondern nur deshalb, weil der Paßwirt ihr jetzt wieder unter das Kinn faßte und ihr Gesicht zurückhob. Erwartungsvoll schloß sie die Augen. Es geschah aber nichts, rein gar nichts. Sein Handrükken glitt nur von ihrem Kinn weg über die Wange, lag dann ein Weilchen auf ihrem Haar – und fiel wieder herunter.

»Bleib nicht zu lange«, sagte er, zog die Hundeleine straffer an sich, brachte seine Büchse wieder in die richtige Lage und ging davon. Nach ein paar Schritten blieb er noch mal stehen.

»Komm her, Mädchen!«

Zögernd folgte Jutta seinem Befehl. Durch eine geschickte

Wendung brachte sie es fertig, daß er jetzt etwas höher stand als sie. Das gab ihm die Selbstsicherheit zurück, und er konnte ihr jetzt geradewegs in die Augen sehen.

»Ich will dich etwas fragen. Du brauchst nicht zu antworten, wenn du nicht willst. Aber wenn du antwortest, soll es die Wahrheit sein. Die unbedingte Wahrheit.«

»Es kommt darauf an, was der Herr wissen will.«

Er sah eine Weile zu Boden und dann wieder in ihr Gesicht.

»Ich will wissen, ob du einen Geliebten hast.«

Eine kleine Falte stand plötzlich zwischen ihren Brauen. Irgend etwas ärgerte sie: die Art und Weise vielleicht, wie der Mann sie examinierte. Ihre Unterlippe schob sich trotzig vor.

»Meint der Herr vielleicht, ich sei bald dreißig Jahre alt geworden, ohne daß ein Mann mich geliebt hätte?«

Betroffen nahm er den Kopf zurück. Seine Augen wurden schmal.

»Du weißt zu antworten. Aber du umgehst meine Frage. Ich habe gefragt, ob du einen Liebsten hast.«

»Mit welchem Recht fragen Sie mich das?«

»Mit welchem Recht? Mit gar keinem. Es interessiert mich eben. Die Art, mit der du dich um eine klare Antwort drückst, sagt mir, daß du an jemanden gebunden bist.«

Jutta rang eine Weile mit sich selber um eine Antwort. Ganz plötzlich stand Anton Stegers schmales Gesicht vor ihr. Sie sah seinen vollen Mund, seine dunklen Augen voll Vorwurf und Verzweiflung. Sie wollte ihm sagen, daß sie einer schönen Liebe davongelaufen sei, um einem fernen Ziel nachzujagen, von dem sie gar nicht wußte, ob sie es jemals erreichen würde. Am Hof hier hatte sie gesehen, daß es mehrere verheiratete Knechte und Mägde gab. Wenn sie diese Stunde nützen würde, um den Herrn, der vor ihr stand, zu bitten, er mäge einen gewissen Anton Steger aufnehmen, um ihretwillen aufnehmen, damit sie sich mit ihm ein einfaches und bescheidenes Leben aufbauen könnte? Sie wollte es schon sagen, aber in diesem Augenblick griff der Paßwirt wieder unter ihr Kinn und zog ihr Gesicht näher an das seine heran.

»Das hätte ich mir denken können. Eine, die so aussieht wie du, kann von keinem Burschen übersehen werden, der Augen im Kopf hat.«

Da antwortete Jutta entschlossen und fest:

»Sie irren sich. Ich bin nicht mehr gebunden. Das ist vorbei.«

»Mhm. Aha. Ist ein lediges Kind da?«

Jutta riß die Augen auf.

»Das ist eine Frechheit, Herr Schaller!«

»Entschuldige. Es fiel mir eben so ein. Du warst vierzehn Jahre auf einem Platz, und nun bist du ganz plötzlich fort. Da habe ich eben meine Überlegungen angestellt. Aber vergiß, was ich gesagt habe! Im übrigen – ein lediges Kind wäre noch lange kein Verbrechen. Gute Nacht!«

Rasch ging er davon. Betroffen blieb Jutta stehen. Ihr war, als hätte wieder einmal das Schicksal sie angerührt. Diesmal aber in einer Weise, die ihr anriet, recht vorsichtig zu sein. Hier wäre vielleicht etwas zu gewinnen, aber auch alles zu verlieren. Fieberhaft arbeiteten ihre Gedanken. Nur jetzt keine Fehler machen, dachte sie. Sie wollte nicht gleich mit fliegenden Fahnen durch das Tor, das sich jetzt vor ihr zu öffnen schien, laufen. Aber den Fuß wollte sie auf die Schwelle setzen, damit sich das Tor nicht mehr schließen konnte.

Der Nachtwind wehte jetzt etwas stärker. Weit draußen im Flachland mußte ein Gewitter stehen, denn zuweilen ging ein fahles Leuchten über den Horizont. Über Jutta aber flimmerten die Sterne, viele, viele Sterne.

Da hatten nun wirklich ihre Gedanken wieder eine weite Wanderung über das Gebirge gemacht. Gewaltsam rief sie sich zur Ordnung. So geht es auf gar keinen Fall, dachte sie.

Ich muß den Anton Steger ganz ausschalten, darf keine Vergleiche anstellen.

Langsam ging sie die Wiese hinunter zum Hof. Er lag ganz still und verschwiegen unter den blinkenden Sternen. Kein einziges Fenster war mehr erhellt. Alles schlief. Nur vom Gasthof herauf hörte man verschwommene Lautsprechermusik.

Am Montagmorgen trat Jutta ihren Dienst im Gasthof an. Da sie als Neue mit den Arbeiten noch nicht vertraut war, wurde sie von Fräulein Therese eingewiesen.

Zuerst müsse also der Flur gemacht werden, und zwar unter Vermeidung jeden Lärms. Hernach seien die Zimmer zu richten. Bis Mittag könne sie damit fertig sein, und dann müsse sie in der Küche helfen. Außerdem sei auch die Wäsche zu versorgen. Die Zimmer des Herrn gingen sie nichts an, die würden von ihr selbst gemacht.

Jutta mußte sich erst vom Hausknecht Lambertus zeigen lassen, wie man einen Staubsauger handhabt, denn nie zuvor hatte sie einen solchen gesehen. Lambertus, der in der Lahn alt und grau geworden war, zeichnete sich in seinem Alter nun durch begnadete Faulheit aus. Er tat nicht mehr, als unbedingt verlangt wurde, und war besonders jenen Handgriffen zugeneigt, für die von den Kurgästen ein Trinkgeld herausschaute. So sagte er der Neuen gleich, daß die glänzenden Messingstäbe, mit denen der dunkelrote Läufer an den einzelnen Treppenstufen befestigt war, von ihr geputzt werden müßten, obwohl dies eigentlich zu seinem Aufgabenbereich gehörte.

Jutta war hier neu und wußte das nicht. Sie packte diese Arbeit mit wirklicher Lust und Liebe an. Es war für sie ein Schritt nach vorn, und es dünkte ihr weit besser, als draußen in der Sonnenhitze zu werkeln.

Hinter den Türen des langen Flurs schlafen also die Gäste,

dachte Jutta. Das waren die Menschen der anderen Welt, nach der sie sich so sehr sehnte. Niemand durfte es wagen, an die Tür zu klopfen und ihren Schlaf zu stören. Vielleicht war das leise Surren des Staubsaugers schon eine Belästigung für ihren geheiligten Schlaf. Unwillkürlich mußte Jutta daran denken, wie man sie als Dreizehnjährige schon um vier Uhr früh herausgetrieben hatte. Und das war immer so gewesen: vom Morgengrauen bis zur Dämmerung harte und mühsame Arbeit. Und niemals in den vierzehn Jahren einen Tag Urlaub. Zwölf Tage waren in ihrem Leben, die so aussahen, als wäre es ein Urlaub. Wenn sie an die kleine Waldhütte dachte, bekam sie Heimweh.

Behutsam, um ja nicht an eine Tür zu stoßen, fuhr sie mit dem Staubsauger hin und her. Wenn der Günther Halm mich geheiratet hätte, dachte sie weiter, dann könnte ich jetzt vielleicht auch hinter einer der Türen schlafen. Und meine und seine Schuhe würden heraußen stehen und wären bereits von Lambertus auf Hochglanz gebracht.

Ach ja, das Leben hatte sie immer sehr stiefmütterlich behandelt...

Am Ende des Flurs, wo Jutta inzwischen mit dem Staubsauger angekommen war, führte nochmals eine kleine Treppe aufwärts. Es waren genau fünf Stufen bis zur Tür mit den Milchglasscheiben und dem Schild, auf dem geschrieben stand: »Privaträume«.

Hinter dieser Tür also wohnte der Herr des Hauses, der Paßwirt und Gutsbesitzer Gregor Schaller. Geheiligte Räume, die die Spitzmaus sich vorbehalten hatte. Warum eigentlich? Verfolgte sie vielleicht bestimmte Absichten, aus heller Angst, daß ihr eine andere ins Gehege kommen könnte?

Ganz laut mußte Jutta plötzlich vor sich hinlachen. Sie kannte den Mann noch nicht genau. Aber sich vorzustellen, daß die Therese ihm gefallen könnte, war lachhaft. Wahrscheinlich würde er, so wie sie ihn jetzt kannte, auch lieber nach dem blühenden Leben greifen als nach solch einer Spitzmaus.

Ganz stark fühlte sie den Wunsch jetzt, daß die Tür sich öffnen und der Mann heraustreten möchte. Der Paßwirt konnte aber gar nicht heraustreten, weil er im Morgengrauen schon auf die Jagd gegangen war.

Allmählich wurde es im Hause lebendig. Eine dicke Frau trippelte im Morgenrock über den Flur und verschwand im Bad. Der Herr Regierungsrat streckte seinen Kopf zur Tür heraus und bat um warmes Wasser zum Rasieren. »Danke vielmals«, sagte er, als Jutta ihm das Wasser brachte. Niemals hatte jemand »Danke vielmals« zu ihr gesagt. Ihre Handreichungen waren immer als Selbstverständlichkeit hingenommen worden. Vielleicht war es schon die erste Sprosse zum anderen Leben?

Dann richtete Jutta die Zimmer. Um neun Uhr kam die Spitzmaus und sah nach. Und das erste, was sie sagte, trieb Jutta schon das Blut zu Kopf.

»Ich nehme nicht an«, sagte sie, »daß du siehst, was du nicht sehen sollst.«

»Was soll das heißen?« fragte Jutta perplex.

»In den Zimmern unserer Gäste liegt oft viel umeinander. Ich muß dir das sagen, weil du neu bist. Man läßt die Dinge liegen, wo sie sind.«

Jutta war maßlos empört darüber, daß man ihr etwas sagte, was doch eine Selbstverständlichkeit war. Am liebsten hätte sie dieser Person jetzt eine runtergelangt.

»Glauben Sie vielleicht, daß ich stehle?«

»Das habe ich nicht gesagt. Immerhin ist das schon vorgekommen bei uns. Vergiß auch nicht, daß manchmal von den Leuten absichtlich ein Geldstück oder Schmuckstück aufgelegt wird.«

Damit verschwand die Spitzmaus. Jutta kam gar nicht mehr dazu, eine Antwort zu geben, so verblüfft war sie über die Mitteilung, daß die feinen Leute die Armen auf ihre Ehrlichkeit hin prüfen, indem sie ein Geldstück absichtlich auflegen.

Um halb elf kam Fräulein Therese wieder. Jutta hört sie schon über die Stiege kommen, denn das mächtige Schlüsselbund an ihrem Schürzenband klingelte bei jedem Schritt. Diesmal zeigte sich schon gleich heftiger Unwillen in Thereses Gesicht. Nach ihrem Stundenplan mußte die Magd jetzt mit den Zimmern fertig sein.

Fräulein Therese führte ein strenges Regiment in diesem Haushalt. Es war sicher auch ihr Recht, mit nassem Zeigefinger über die Leisten eines Möbelstückes zu streifen, ob nicht Staub daran hängenbliebe. Es war nur bei Jutta nicht angebracht, denn wie man peinlich sauber stöbert und putzt, das hatte die Bäuerin am Ried sie gründlich gelehrt. Dafür war sie ihr jetzt dankbar. Darum beobachtete sie auch stirnrunzelnd das Gebaren der Haushälterin. Als diese aber nun überflüssigerweise einen Staublumpen nahm und zu wischen anfing, wo es wirklich nichts mehr zu wischen gab, da war es mit Juttas Geduld zu Ende, und sie steilte den Nacken.

»Lassen Sie das. Hinter mir gibt es nichts nachzuarbeiten!«

Einen Moment war Therese so verblüfft, daß ihr das Wort im Munde steckenblieb. Sie räusperte sich nur, was sich wie ein heiseres Bellen anhörte. Dann warf sie den Kopf mit dem mageren Haarschopf zurück.

»Das ist die Höhe! Wie redest du denn mit mir?«

»Wie mir der Schnabel gewachsen ist.« Jutta wand den Putzlumpen aus und streckte sich wieder. »Damit wir uns gleich von vornherein verstehen: Bei mir geht das nicht so, wie Sie denken. Ich bin bereits hinreichend informiert, daß es Ihre Spezialität ist, die Hausmädchen zu schikanieren. Nur darum wird jede Woche gewechselt, weil es keine länger aushalten kann. Mich können Sie aber nicht schikanieren, das müssen Sie sich merken. Mich ekeln Sie nicht aus dem Haus. Ich tue meine Arbeit und habe sie immer so getan, daß mich niemand hat korrigieren müssen.«

Da drehte Therese – was sie in den zwei Jahren, seit sie hier die Herrschaft führte, noch nie getan hatte – dieser frechen Person den Rücken und rauschte so schnell davon, daß der Schlüsselbund an ihrem Schürzenband laut klingelte.

Von da an hatte Jutta Ruhe für diesen Tag. In der Küche, wo sie mit zwei anderen Mädchen Kartoffeln schälen mußte, richtete Therese nicht mehr das Wort an sie. Nur an den anderen beiden nörgelte sie dauernd herum.

Gegen Mittag kam der Paßwirt herein. Als er Jutta sah, leuchtete es kurz in seinen Augen auf. Dann hob er ein paar Deckel von den Kochtöpfen am Herd, kostete da ein wenig und dort, schnitt sich von dem Schweinebraten ein Stückchen ab und setzte sich damit an den kleinen Tisch am Fenster. Und da geschah es, daß Gregor Schaller die Neue fragte:

»Na, Jutta? Wie gefällt es dir hier?«

»Danke, soweit recht gut, Herr.«

Therese riß die Augen auf und stand mit offenem Mund da. Was war denn da passiert? Der Paßwirt fragte eines der Mädchen, wie es ihr hier gefalle! Seit wann interessierte ihn denn so was? Und er nannte diese Person auch noch beim Vornamen, obwohl sie erst ein paar Tage in der Lahn war! War hier hinter ihrem Rücken etwas geschehen, das ihrer Aufmerksamkeit entgangen war? Durfte darum diese freche Person sagen: Mich können Sie nicht aus dem Hause ekeln…

Diese Feststellung traf Fräulein Therese wie ein Schlag. Sie hatte sofort das Gefühl, daß hier jemand an ihrem Throne rütteln wollte. Und da konnte ihr doch niemand übelnehmen, wenn sie sich dagegen wehrte.

Vorläufig aber geschah an diesem Tage gar nichts mehr.

Jutta wußte am Abend nur, daß sie todmüde war, müder vielleicht, als wenn sie den ganzen Tag im Grummet gearbeitet hätte.

Am zweiten Tag aber geschah dann schon etwas. Therese hatte sich nämlich vorgenommen, der hochmütigen Magd den Tag so sauer wie möglich zu machen. Jutta ihrerseits hatte aber beschlossen, sich nicht kleinkriegen zu lassen.

Genau um halb zwei Uhr nachmittags warf Jutta Freiberger wutentbrannt einen Teller nach Fräulein Therese, da diese seit einer Stunde nur genörgelt und kritisiert hatte. Klirr ...! machte der Teller, als er am Boden zerschnellte, nachdem er zuerst Fräulein Thereses Arm sehr unsanft berührt hatte.

»Du verfluchte Spitzmaus!« schrie Jutta hinterher, beruhigte sich aber gleich wieder und fügte hinzu: »Ich will doch mal sehen, ob du mich nicht in Ruhe lassen kannst.«

Da sagte Fräulein Therese, mehr erschrocken über den Spitznamen als über den Tellerwurf:

»Du wirst deine Ruhe bald bekommen. Darauf kannst du dich verlassen!« Dann bückte sie sich und hob die Scherben auf. »Einen Teller mit Goldrand«, sagte sie mit Würde. »Kostet einsfünfunddreißig. Wird vom Lohn abgezogen.«

Sprach's und ging schnell hinaus.

Natürlich wirkte Juttas Tat wie eine kleine Revolution. Eine Viertelstunde später wußte man es bereits im Gutshof. Als der Baumeister es erfuhr, lächelte er und strich sich den Bart.

»Endlich einmal eine, die sich stemmt«, sagte er. Und als Jutta am Abend herüberkam, nahm er sie mit ins Büro und ließ sich den Hergang genau erzählen. Jutta gab es ohne weiteres zu, gab sogar zu, daß sie den Kopf der Spitzmaus hatte treffen wollen.

»Verfluchte Spitzmaus sollst du gesagt haben«, unterbrach sie der Baumeister.

Da mußte Jutta nun selber lachen.

»Ja, das ist mir halt so rausgerutscht. Aber ich war im Recht, und wenn ich im Recht bin, laß ich mich nicht schikanieren.«

»Sicher warst du im Recht. Aber es war ein ungeheurer Einbruch in den Machtbereich Fräulein Thereses. Sie wird das kaum verwinden können, und wie ich sie kenne, wird sie nun alle Hebel in Bewegung setzen, daß du aus dem Hause mußt.«

Jutta erschrak darüber heftig. Jetzt schon, nach wenigen Tagen, dachte sie bitter. Aber sie wollte nicht betteln, bleiben zu dürfen. Unter gar keinen Umständen wollte sie um Verzeihung bitten. Nein, lieber wieder den Weg unter die Füße nehmen. Vielleicht gehe ich zu Anton zurück, grübelte sie bis in den Schlaf hinein. Bei ihm hatte sie sich doch so geborgen gefühlt.

Gregor Schaller hielt sich, wenn er zu Hause war, meistens bis um halb zehn Uhr bei den Gästen auf und zog sich dann in seine Privatgemächer zurück. Um zehn Uhr brachte ihm Fräulein Therese noch seine Tasse Spitzwegerichtee mit viel Zitrone sowie die Abrechnung des Tages.

An diesem Abend aber mußte Afra den Tee hinauftragen. Therese kam mit dem Kassenbuch hinterdrein und sagte gleich, daß sie heute das Tablett nicht tragen könne, weil mit einem Teller nach ihr geworfen worden sei.

Natürlich hatte der Paßwirt bereits davon gehört, schwieg aber vorerst zu dieser Anspielung. Er schlürfte seinen Tee und zählte das Geld nach, das Fräulein Therese ihm als Tageseinnahme hinzulegen hatte.

Dann lehnte er sich behaglich in seinen Lehnsessel zurück und zündete sich eine Zigarre an.

»Sonst was Neues?«

»Ja, allerhand! Die Neue muß aus dem Haus! Die kann ich nicht brauchen.«

»Warum nicht?«

»Sie hat heute mit einem Teller nach mir geworfen.«

Da geschah etwas, was Therese wirklich nicht erwartet hätte. Der Paßwirt lachte. Er lachte aus vollem Halse und schlug sich auf die Schenkel.

»Das traue ich ihr ohne weiteres zu! Hat heißes Temperament, die Jutta! Schmeißt einfach mit einem Teller! Hahaha! Du wirst sie wahrscheinlich gereizt haben?«

Fräulein Therese fand es unter ihrer Würde, darauf zu antworten. Sie klagte nur weiter an:

»Außerdem hat sie mich eine verfluchte Spitzmaus geheißen. Dieser Spitzname ist bereits zum geflügelten Wort im ganzen Haus und bis zum Gutshof hinüber geworden. Ich muß schon fragen, wo unter solchen Umständen meine Autorität bleiben soll?«

Bedächtig strich der Paßwirt die Asche seiner Zigarre ab. Dann sagte er:

»Ja, so was spricht sich schnell herum. Du mußt mehr essen, Therese, dann wirst du dicker, und niemand kann dann mehr auf den Gedanken kommen, dich Spitzmaus zu nennen.« Gemütlich streichelte er dabei seinen Bart.

Beleidigt sah Therese ihn an.

»Das ist keine Art und Weise, meine Beschwerden abzutun. Ich habe rechtschaffen hausgehalten, seit die Frau, Gott hab sie selig, gestorben ist. Jeden Pfennig hab ich genau abgerechnet und ...«

»Ja, ja, ist schon recht«, unterbrach sie der Paßwirt.

»Sogar mehr als genau abgerechnet«, sprach Fräulein Therese unbeirrt weiter. »Oft genug hab ich von mir draufbezahlt, wenn es nicht gestimmt hat.«

Unwillig zog Gregor Schaller die Brauen hoch.

»Das gibt es nicht. Entweder es stimmt, oder es stimmt nicht. In diesem Fall muß man eben nachrechnen, bis es stimmt. Irgendwo muß dann doch die Rechnung falsch sein.«

Fräulein Therese sah, daß sie auf diese Weise nicht recht vorwärtskam. Sie fühlte, daß etwas nicht mehr so war wie früher. Warum lud er sie heute nicht ein, sich ein wenig zu ihm zu setzen? Sie hatte es doch so gut verstanden, sich bei ihm ins rechte Licht zu setzen, als die Frau gestorben war. Und wenn sie dabei die geheime Rechnung aufgestellt hatte, eines Tages den Platz der Verstorbenen einzunehmen, so war das nicht so unverständlich, denn Fräulein Therese war achtunddreißig Jahre alt und an sich recht tüchtig. Es hatte ja auch Zeiten gegeben, am Anfang, als ihn das Alleinsein noch schwer bedrückte, da war es ihm eine Wohltat, mit ihr beisammenzusitzen, und er hatte es als eine schöne Geste des Mitleids empfunden, wenn sie ihm mit der Hand übers Haar strich und davon sprach, daß sie ganz für ihn da sei, was es auch wäre, und daß er sich auf sie voll und ganz verlassen könne.

Dieser Zeiten erinnerte sich Fräulein Therese auch jetzt, indem sie sich neben ihn setzte, ohne daß er sie dazu aufgefordert hätte. Zögernd versuchte sie, über sein Haar zu streicheln. Und da geschah es, daß er seinen Kopf beiseitebog, als wäre ihm ihre Berührung peinlich. Therese faßte es auch sofort so auf und bekam einen ganz schmalen Mund. Es muß mit der Neuen zusammenhängen, dachte sie und beschloß, sie unter allen Umständen aus dem Haus zu schaffen.

»Wir sind vom Thema abgekommen«, sagte sie.

»Hatten wir überhaupt eines?«

»Ja, ein sehr wichtiges sogar. In Anbetracht all dessen, was ich für dich und deinen Besitz schon getan habe, kann ich wohl verlangen, daß ich mir nicht ungestraft einen Teller an den Kopf werfen lassen brauche.«

»An den Arm, meinst du.«

»Es war auf den Kopf abgesehen. Deshalb bestehe ich darauf, daß diese Person den Dienst verläßt.«

»Den Dienst verlassen! Immer diese Wechsel! Wir kommen noch in Verruf! Na ja, ich werde sehen, was sich machen läßt.«

»Es muß etwas gemacht werden«, bestand Fräulein Therese darauf. »Heute war es ein Teller, morgen kann es ein Messer sein.«

»So schlimm wird es ja nicht werden«, meinte der Paßwirt oberflächlich.

Dann stand er auf, zog die Gewichte der Standuhr hoch und streckte gähnend beide Arme über den Kopf. Das war für Therese das Zeichen, daß sie nun gehen konnte.

Als sie die Tür hinter sich geschlossen hatte, setzte sich der Paßwirt wieder in den Lehnstuhl, brachte die erloschene Zigarre nochmals in Brand und sah träumerisch den Rauchringen nach. Und da gaukelte nun wieder wie eine Fata Morgana dieses herbschöne Mädchengesicht an ihm vorbei, das ihn zu jeder Stunde verfolgte. Verwundert über sich, schüttelte er den Kopf. Dann überlegte er, ob es vielleicht nicht doch das Vernünftigste wäre, Jutta fortzuschicken. Nicht weil Therese es wollte, sondern weil er wieder ruhig in sich selber werden wollte. Mit Verwunderung stellte er fest, daß ihn nun in der Mittagsstunde seines Lebens etwas angerührt hatte, das gar nicht so einfach war. Er mußte zugeben, daß in seine Einsamkeit ein Lichtstrahl gefallen war. Und warum sollte er das Licht wieder löschen?

Gregor Schaller war achtundvierzig Jahre alt. Aber seit dieses Mädchen im Haus war, fühlte er sich wie achtundzwanzig. Und es war so wunderbar schön, wieder jung zu sein, Sehnsucht zu haben und das ungestüme Klopfen des Herzens zu spüren.

Auf einmal fiel ihm etwas ein. Wie zur Bestätigung klopfte er nachdrücklich auf den Tisch.

»Jawohl, das werde ich tun«, sprach er laut vor sich hin. »Das werde ich gleich morgen tun, dann werden wir schon sehen...«

Er schlief wunderbar in dieser Nacht. Am nächsten Morgen aber fuhr er schon frühzeitig in seinem Opel fort, ohne zu sagen, wohin. Darüber wunderte sich niemand mehr als Fräulein Therese, denn ihr hatte er doch immer schon aus rein geschäftlichen Gründen gesagt, wo er unter Umständen telefonisch zu erreichen war.

Als er am Abend zurückkam, war er aufgeräumt und fröhlich.

»Gibt's was Neues?« fragte er Therese, als er den Wagen in die Garage gebracht hatte.

»Nichts von Bedeutung. Regierungsrats sind abgereist. Dafür ist die Familie Thorlande gekommen.«

»So, so, Thorlandes sind wieder da. Freut mich, sie zu sehen.« Im Weggehen fiel ihm gerade noch ein: »Was wollt ich jetzt noch sagen? Ja, richtig! Die heutige Abrechnung legst du mir morgen früh vor. Den Tee aber soll mir heute die Jutta bringen.«

Befriedigt rieb sich Fräulein Therese die Hände.

»Ihre Papiere sind schon hergerichtet.«

Der Paßwirt runzelte die Brauen.

»Papiere? Ach so! Na, weißt du, wir wollen es diesmal noch bei einer Rüge bewenden lassen. Auf alle Fälle werde ich ihr den Kopf richtig waschen.«

Etwas enttäuscht begab sich Therese in die Küche und gab den Auftrag an Jutta weiter: »Um zehn Uhr trägst du dem Herrn heute den Tee hinauf. Er wird dir etwas zu sagen haben.« Dann fügte sie noch bissig hinzu: »Du hast es so haben wollen, nun trag auch die Folgen.«

Natürlich konnte Jutta nichts anderes denken, als daß sie nun gehen müßte. Ein heißer Groll übermannte sie. Soll es denn immer so sein, daß sie ein Ziel nur ahnen und sehen, aber niemals erreichen durfte? Sie hatte doch nichts getan, als sich gegen die Bosheiten dieser Spitzmaus gewehrt! Das war doch schließlich ihr gutes Recht!

Nun, dann würde sie eben morgen ihre Sachen packen und zurückgehen in die Geborgenheit der Waldhütte, zu Anton Steger.

Endlich rückte der Zeiger der großen Küchenuhr auf die zehnte Stunde. Schweren Herzens nahm Jutta das Tablett und ging hinauf. Vor der Tür noch überlegte sie, wie sie sich rechtfertigen sollte. Aber als sie eintrat, hatte sie sofort das Gefühl, daß es nichts zu rechtfertigen geben würde. Der Herr saß gemütlich im Stuhl und lächelte ihr unbeschwert entgegen.

»Hier ist der Tee, Herr«, sagte Jutta und stellte das Tablett nieder.

»Schön, schön. Komm, Mädl, setzt dich nieder dort. Ich möchte mich ein wenig mit dir unterhalten.« Der Paßwirt zog einen zweiten Stuhl nahe an den seinen heran.

Jutta aber blieb zunächst noch stehen.

»Wenn es wegen dem Teller ist, dann muß ich sagen…«

»Teller? Ach so, ja. Macht nichts! Zorn muß sich austoben können. Und einen neuen Teller wird sich der Paßwirt noch leisten können.«

»Ja, ich weiß. Ihr seid reich«, sagte Jutta vorsichtig und setzte sich nun zaghaft. Ihre Augen schauten verwundert auf die kostbaren altdeutschen Möbel, mit denen dieser Raum ausgestattet war.

Gregor Schaller rührte in seinem Teeglas, kostete ein paar Löffel und wandte ihr dann das Gesicht zu.

»Reich? Vielleicht nach deinen Begriffen. Und doch arm. Was ist der Mensch, der im besten Alter so dahinlebt? Ist der nicht arm? Oder bin ich vielleicht schon alt?«

»Ihr – seht gut aus«, antwortete Jutta vorsichtig.

»Ja, eben. Siehst du, du sagst es auch. Ich sehe gut aus.« Er faßte nach ihrer Hand und strich darüber. »So gut sehe ich aus, und so – jugendfrisch bin ich, daß ich dir jetzt einen Kuß geben möcht, wenn ich nicht Angst haben müßte, daß ein Teller fliegt.«

Gespannt horchte Jutta auf jedes Wort. Ihr Gesicht blieb unbewegt, fast kühl, wie eine undurchsichtige Wand vor dem Geheimnis rastloser Gedanken. Nur jetzt nichts vergeben, dachte sie angestrengt. Ihr Mund öffnete sich zu einem Lächeln.

»Ihr seid der Herr. Nach Euch darf ich doch nicht mit dem Teller schmeißen. Und – wenn Ihr einsam seid, Herr, Ihr braucht es ja bloß zu ändern.«

»Ja, ändern! Aber wie?«

»Das dürfte Euch doch nicht schwerfallen. Hundert könntet Ihr sicher haben.«

»Meinst du?« lachte er und rückte näher an sie heran. Vorsichtig umfaßte sein Arm ihre Taille. »Wenn ich mir aber unter den Hundert bloß eine wüßte?«

»Dann habt Ihr es noch leichter, weil dann die Wahl nicht schwerfällt.«

»Nein, absolut nicht.« Er zog sie enger an sich heran, und da sie sich gegen sein Anschmiegen nicht wehrte, stieg ihm das Blut der Schaller in die Schläfen. Es war heißes Blut. Aber er zügelte es. Er wollte sie nicht erschrecken.

»Rat einmal, wie die eine aussieht?«

»Wie soll ich das wissen?«

»Also, paß auf, ich sag dir's im Vertrauen. Sie hat blonde Haare, recht dunkle Augen, die mir bis ins Herz hineinleuchten wie zwei freundliche Lichter, einen recht schönen Mund und auch sonst noch allerlei Vorzüge. Ihre Lieblingsbeschäftigung ist, mit Tellern nach verfluchten Spitzmäusen zu werfen.«

Mit wachsendem Staunen hatte Jutta zugehört. In Ihrem Herzen wogte wilde Freude. Das Ziel, dachte sie inbrünstig und sammelte alle Kraft in sich, jetzt nichts zu tun, was den Mann auf den Gedanken bringen könnte, daß sie auf so etwas sehnsüchtig gewartet habe. Mit einem Ruck machte sie sich los und stand auf.

»Das ist nicht wahr«, sagte sie.

»Was soll nicht wahr sein?« fragte der Paßwirt, ebenfalls aufstehend.

»Ich bin nichts weiter als eine Magd. Die letzte von Euren vielen Mägden.«

»Nicht die letzte, sondern die nächste für mich«, antwortete er und riß sie in die Arme, küßte ihren Mund. Sie wehrte sich nicht und rührte sich kaum. Ihr Mund war fest geschlossen. Ein trauriger Klang zog durch ihr Herz, denn sie mußte gerade in diesem Augenblick an Anton denken. Auf einmal ließ er sie los.

»Das verstehe ich nicht! Siehst aus wie das blühende Leben und bist kalt wie ein Eisbrocken!«

Jutta strich über ihr Haar, das er in seiner Ungestümheit ein wenig zerzaust hatte.

»Mir scheint, Ihr haltet mich für etwas, was ich nicht bin.«

»Wer sagt dir denn das? Erwartest wohl himmelhochjauchzende Liebesschwüre von mir? Nein, Jutta, dazu bin ich denn doch nicht mehr jung genug. Gestern hat mir jemand gesagt, ich müßte dich fortschicken. Ich schicke dich nicht fort. Aber ich bitte dich, daß du selber gehst, denn Tag für Tag so neben dir herzuleben, das halte ich nicht aus. Was weißt du denn, wie ich mich jede Stunde nach dir sehne! Das kannst du nicht wissen, und ich frage mich ja selber oft und oft, was da über mich gekommen ist. Es ist nicht so, wie du meinst, daß es bloß der Hunger nach einer kurzen Stunde voller Jubel wäre. Nein, das liegt tiefer. Es ist die Sehnsucht nach einem neuen Glück. Mein Alleinsein soll durch dich ein Ende haben. Ja, Maidle, so ist es und nicht anders.«

Er begann im Zimmer auf und ab zu gehen. Die Hände hatte er auf dem Rücken verschränkt, den Kopf nachdenklich zu Boden gesenkt, als überlege er jetzt erst, was er gesagt hatte. Auf einmal blieb er vor ihr stehen und fragte:

»Weißt du, wo ich heute gewesen bin?«

Erwartungsvoll sah Jutta ihn an. Ihr Herz klopfte in diesem Augenblick rasend. Dann hob sie die Schultern und ließ sie wieder sinken.

»Wie soll ich das wissen?«

»Ich bin bei dem Bauern im Ried gewesen, bei dem du vierzehn Jahre gedient hast.«

»Ja und?« Ihre Stimme schwankte ein wenig vor Schrecken und Angst.

»Nichts und. Ich habe dir nachgefragt und – man hat mir nichts Schlechtes von dir berichten können.«

»Ich tat auch nichts Schlechtes, Herr.«

»Das hatte ich auch nicht erwartet. Es hatte mich nur stutzig gemacht: vierzehn Jahre und dann plötzlich auf Knall und Fall davonlaufen. Da muß doch irgend etwas gewesen sein, habe ich mir gedacht. Mhm. Aha. Was wollt ich jetzt sagen? Ja, dieser Dingsda, dieser Ambrosius? Standest du ihm besonders nahe?«

»Ambrosius? Ich weiß nicht, was Ihr meint, Herr.«

»Der Alte dort sagte mir, daß sein Sohn sich in dich verliebt hätte. Dies wäre aber nicht in seinem Sinne gewesen, und darum habe sich sein Sohn eben nach seinen Wünschen fügen müssen. Ich glaube, in vierzehn Tagen heiratet er. Daß dieser

Ambrosius sich so leicht gefügt hat und nicht um sein Glück gekämpft hat, ist freilich eine andere Sache.«

Jutta dachte an alles, was mit Ambrosius gewesen war. Es läuteten keine schönen Erinnerungen in ihr nach. Sie hatte alles vergessen, auch den Mann, der da in vierzehn Tagen die Regina Wölfert heiraten wollte.

»Ambrosius hat«, sagte sie, »was das betrifft, immer nur die Feigheit eines Knechtes besessen. Ich habe ihm über den Krieg hin die Treue bewahrt. Auf dem Hof habe ich mich für ihn abgeschunden. Als er heimkam, habe ich ihn gesund gepäppelt. Und dann war alles bloß eine Enttäuschung. Ich verstehe nur nicht, warum Ihr Euch meinetwegen so viel Mühe gemacht habt.«

»Das verstehst du nicht? Dann will ich es dir sagen: weil ich Klarheit haben wollte. Was gewesen ist, geht mich nichts an. Das ist Vergangenheit. Es ist keine Sünde, zu lieben. Und – ein Heiliger war ich auch nicht in meiner Jugend.«

Er ging wieder auf sie zu und legte ihr beide Hände auf die Schultern. Jutta sah, daß seine Augen trotz der eisengrauen Farbe voller Güte waren. Sie hatte plötzlich das Gefühl, daß jetzt der große Augenblick ihres Lebens gekommen war. Sie dachte nicht an Liebe. Vielleicht dachte sie nie mehr an die Liebe, wie sie sie erlebt hatte mit Günther Halm. Es war ein Gefühl des Gutseins, das sie zu ihm hindrängte.

»Du hast etwas gesagt von der Feigheit eines Knechtes«, sprach er weiter. »Feigheit habe ich nie gekannt in meinem Leben. Und es steht auch niemand hinter mir, der mir ausreden könnte, was ich will. Und ich weiß, was ich will. Dich will ich, Jutta. Es muß ein Ende damit haben, daß ich heimlich hinter dir herseufze wie ein Liebestoller. Hab ich's nötig? Sag, ob ich das nötig habe?«

Immer noch lagen seine Hände auf ihren Schultern, nicht mehr so leicht wie vorhin, sondern mit einem festen Druck, dem sie vielleicht im nächsten Moment schon nachgeben würde. Zum erstenmal jetzt tauchte sie ihren Blick tief in den seinen.

»Wie meint Ihr es denn eigentlich, Herr?«

»Ich meine es ganz klipp und klar«, antwortete er. »Zuerst meine ich, daß ich mit meinen achtundvierzig Jahren noch kein alter Mann bin, zu alt wenigstens nicht für ein neues Glück. Freilich, es hört sich im Augenblick ein wenig schreckhaft an: zwanzig Jahre Altersunterschied. Aber wenn man sich versteht, dann ist das kein Abgrund, sondern eine Brücke. Wenn du also meinst, daß du mir gutsein kannst, Jutta, dann kannst du Herrin in der Lahn werden.«

Da überwältigte es sie. Sie konnte nicht glauben, daß es so einfach gehen könnte. Drei Wochen war es doch erst her, daß sie sich aufgemacht hatte, ein anderes Leben zu suchen. Und nun sollte sich ihr Wünschen schon erfüllen? Eine unendliche Dankbarkeit überwältigte sie gegen den Mann, dessen Herz sie nahe dem ihren so laut und wild pochen hörte. Und aus diesem Gefühl der Dankbarkeit heraus schlang sie die Arme um seinen Hals. Sie küßte ihn, und es war wieder nicht Liebe – nur ein freies und stolzes Gefühl. Und der Mann schob sie jetzt nicht mehr zurück und sagte nicht, daß sie ein Eisblock sei. Ihre Küsse berauschten ihn, ein Hochgefühl sondergleichen durchströmten ihn. Seine eigenen Küsse, die ihren Mund trafen, ihre Wange, ihren Hals, waren jetzt fordernd und leidenschaftlich. Da schob Jutta ihn sanft zurück und strich sich das Haar aus den Schläfen. Ihre Augen schimmerten feucht.

»Ich kann es noch gar nicht glauben«, sagte sie. »Laß mich jetzt gehen und über alles nachdenken.«

Er ließ sie gehen, stand mit hochatmender Brust da und sah ihr nach. Als sie die Tür schon öffnete, sagte er noch:

»Das Nachdenken sollte nicht zu lange dauern. Morgen sollst du mir Antwort geben.«

Die Tür schloß sich hinter ihr, fiel lautlos ins Schloß. Der Teppich verschlang ihre Schritte, denen der Paßwirt nachhören wollte. Bedachtsam zündete er sich jetzt die Abendzigarre an. Er war zufrieden mit sich wie schon lange nicht mehr; denn er wußte, daß er morgen nicht umsonst fragen würde. Sie müßte ja eine Närrin sein.

Neben der Schenke stand Fräulein Therese und schaute Jutta mit lauerndem Blick entgegen. Daß sie so lange oben geblieben war, hatte sie mit größter Unruhe erfüllt. Und da sie den gesteilten Nacken der verhaßten Magd sah und deren leuchtende Augen, wurde sie augenblicklich von einem heftigen Herzklopfen befallen.

Ohne sie eines Blickes zu würdigen, ging Jutta an ihr vorbei, blieb aber dann plötzlich stehen und sagte, Thereses eigene Worte wiederholend:

»Du hast es so haben wollen. Nun trag auch die Folgen.«

Da wurde das Gesicht der Jungfrau Therese noch spitzer, und es sah nun wirklich aus wie das einer Spitzmaus, die nicht mehr vor einem frischgebackenen Kuchen saß, sondern in einer Falle.

Als Jutta am anderen Morgen den Zimmerdienst antrat, öffnete sich plötzlich die Milchglastür, und der Paßwirt trat, fertig angezogen, auf die Schwelle, blieb stehen und schob das Kinn vor.

»Na, Jutta, hast du den Schreck überschlafen?«

»Es war kein Schreck.«

»Also dann war es Freude, die dich so lange nicht einschlafen ließ. Ich sah um Mitternacht noch Licht bei dir drüben. Komm rein und sag mir, was es da zu denken gegeben hat.«

Er ließ sie eintreten und schloß hinter ihr die Tür. Im kleinen Vorraum schon faßte er ihre Schulter und zwang ihr Gesicht zu sich her.

»Also, wie ist es?«

Jutta senkte die Augen, sah eine ganze Weile auf seinen Hemdkragen nieder, an dessen makellosem Weiß sie einen winzig kleinen Rostflecken entdeckte. Und plötzlich riß es ihr das Wasser in die Augen, und ehe er sie daran hindern konnte, sank sie vor ihm nieder und umklammerte seine Knie.

»Du sollst es nicht bereuen. Ich werde dir immer treu sein, Gregor Schaller.«

Langsam hob er sie hoch und zog sie an sich.

»Wein dich nur aus, Maidle. Das erleichtert. Obwohl ich nicht weiß, was es dabei zu weinen gibt.«

»Du weißt nicht, wie arm mein Leben immer gewesen ist«, sagte sie nach einer Weile. »Immer bin ich enttäuscht worden, und nun bist du da und meinst es so gut. Hoffentlich bereust du nie, wenn du mich nimmst, die dir gar nichts mitbringt als zwei starke Arme, die arbeiten wollen, und ein Herz, das dir immer in Treue anhängen wird.«

»Ich will nicht mehr und brauch nicht mehr«, lächelt er.

»Du weißt noch nicht alles von mir«, sprach sie weiter. »Ich bin als Dreizehnjährige für ein Kalb in fremde Dienste gegeben worden. Und mein Vater – er war ein Säufer.«

»Was geht mich dein Vater an, der schon längst tot ist?«

»Auch das weißt du?«

»Ich erfuhr alles, ohne zu fragen. Man war recht geschwätzig in Ried.«

Erschüttert von so viel Güte schlang sie die Arme um seinen Hals. Und plötzlich konnte sie in ein beglücktes Lachen ausbrechen.

»Aber nun halt mich nicht länger auf! Ich muß mit meiner Arbeit fertig werden. Die Spitzmaus hat sonst wirklich Grund zum Schimpfen.«

Ehe er sie halten konnte, war sie hinausgewirbelt. Er aber gab sich einen Ruck und ging hinunter. Sein Frühstückstisch neben dem wuchtigen Kachelofen war bereits gedeckt, und mit zuckersüßer Freundlichkeit schenkte ihm Fräulein Therese den Kaffee ein, sorgsam darauf bedacht, nicht zu viel und nicht zu wenig Milch beizugeben. An dem dunklen Anzug den er heute trug, merkte sie, daß er fortfahren wollte. Und weil es doch ihr Recht war, zu wissen, wohin der Herr des Hauses sich begab, fragte sie:

»Fährst du weiter fort? Im Dorf unten wäre zu bestellen, daß der Grubermetzger uns frisches Kalbfleisch schicken soll.«

Der Paßwirt biß herzhaft in ein mit Butter und Honig beschmiertes Brötchen.

»Bring ich gleich selber mit rauf«, sagte er. »Hab auch was zu bestellen im Dorf. Das Aufgebot nämlich.«

Wer jemals geglaubt hatte, Fräulein Thereses Gesicht wäre keiner Wandlung fähig, der hätte sie jetzt anders sehen können. Zuerst wurde sie schneeweiß bis in den Hals hinein und dann brennend rot bis zum Ansatz des dünnen Haares. Ihr Mund kniff sich zusammen, ihre Augen blieben unverändert starr auf den Mann gerichtet, der diese vernichtenden Worte gesprochen hatte. Bei allem nämlich, was jetzt wie ein kalter Wasserstrahl auf sie niedergestürzt war, begriff sie doch sofort, mit wem der Paßwirt das Aufgebot bestellen wollte. Das erste, was sie herausbrachte, war:

»Das ist ja allerhand!«

»Was? Daß ich wieder heiraten will? Was ist daran so außergewöhnlich? Andere warten oft kaum ein Jahr ab und heiraten wieder.«

»Und darf man fragen, wer geheiratet wird?«

Da lächelte der Paßwirt wie ein Bub, dem ein guter Streich gelungen ist.

»Das wirst du ja nun wahrscheinlich nicht verstehen. Aber sie hat mir versprochen, nach mir nicht mit einem Teller zu werfen.«

Fräulein Therese stand auf, ganz Vornehmheit, ganz Würde.

»Ich habe nichts mehr zu sagen. Wenn es so ist, bin ich hier überflüssig.«

»Das glaube ich weniger. Wenn du dich gut stellst mit der Jutta, dann...«

Therese stieß einen hellen, spitzen Ton aus und schnappte nach Luft.

»Daß mir so etwas zugemutet wird, geht über mein Begriffsvermögen! Ich werde die Lahn verlassen, in den nächsten Tagen schon. Hoffentlich vergißt man nicht, wie sehr ich mich um alles hier bemüht habe.«

»Aber keineswegs! Niemand wird dir deine Verdienste abstreiten. Im übrigen habe ich es mir immer so gedacht, daß du auch im Fall meiner Verheiratung hierbleiben und nach allem sehen solltest. Ich möchte es nicht noch mal, daß meine Frau mit zu viel Sorgen belastet wird. Aber wenn du durchaus meinst, du kannst dich mit der Jutta nicht vertragen, aufhalten mit Gewalt, nein, das kann ich dich nicht.«

Der Paßwirt schob das Frühstücksgeschirr beiseite und zündete sich seine Morgenzigarre an. Er sah, wie Fräulein Therese an die Theke ging und dem Serviermädchen Klara einige Anweisungen gab. Dann verschwand sie in der Küche.

Zehn Minuten später fuhr er nach Amlangen, bezahlte bei Bäcker und Metzger die Rechnungen der Woche und begab sich anschließend ins Rathaus und dann zum Pfarrhof. Als er dort durch den kleinen Vorgarten mit den vielen Blumen ging, mußte er an den Tag vor vierundzwanzig Jahren denken, als er auch ein Aufgebot bestellt hatte, das mit der Amalie Fronleitner. Sie hatte ihm den Johanniterhof in die Ehe eingebracht. Jutta brachte ihm nichts mit als ihr junges Herz. Die erste Ehe war glücklich gewesen, warum sollte es die zweite nicht auch sein?

Währenddessen eilte Fräulein Therese, von geschäftiger Eile getrieben, durch das ganze Haus, packte ein halbes Dutzend Koffer und beauftragte den Lambertus, sie zu ihrem Bruder nach Amlangen zu fahren. Lambertus war davon nicht entzückt, fragte wieso und warum und ob dies überhaupt zu seinen Aufgaben gehöre. Schließlich mußte Therese tief in ihren Geldbeutel greifen, um ihn zu bewegen, daß er sich mit den Koffern auf den Weg machte.

»Nimm den Abschneider«, sagte sie, als er schon wegfuhr. »Es muß nicht sein, daß dir der Herr begegnet.«

Lambertus hätte sowieso den Abschneider genommen, weil er den Weg nach Amlangen um eine halbe Stunde verkürzte. Diese halbe Stunde aber konnte er sich in den Schatten setzen und seine Glieder in sonniger Faulheit strecken.

Am Abend rechnete Fräulein Therese noch sehr gewissenhaft ab, und am nächsten Morgen war sie verschwunden, ohne jemandem Lebewohl gesagt zu haben. Als der Paßwirt, durch ein Geräusch angelockt, zur Küchentür hineinschaute, sah er, wie die beiden Küchenmädel einen Freudentanz aufführten. Schmunzelnd zog er die Tür wieder zu und ging nach oben.

Es erregte beträchtliches Aufsehen, als der Paßwirt sich an einem regnerischen Morgen in der Pfarrkirche zu Amlangen seine Magd Jutta Freiberger antrauen ließ. Es mochte wohl auch viel Neid bei all dem törichten Gerede gewesen sein, dem zufolge diese Magd den Witwer behext haben sollte. Es wäre an sich ja leicht gewesen, der Quelle dieses Gerüchts nachzugehen, denn in einem Haus am Südausgang des Dorfes Amlangen saß die Spitzmaus Therese und wurde nicht müde, jedem zu erzählen, wie sie ihre beste Kraft der Lahn zur Verfügung gestellt, dafür aber nur bitteren Undank geerntet habe.

Also, behext hatte dieses fremde Frauenzimmer den Herrn von der Lahn! So kam es denn auch, daß die beiden nach der Trauung durch eine Gasse stechender Blicke gehen mußten. Aber Gregor Schaller führte seine junge Frau fest am Arm und trat mit ihr vor das Grab, das sich vor zwei Jahren über dem geschlossen hatte, was an der ersten Paßwirtin Amalie Schaller sterblich gewesen war.

Von den Gaffern wurde dann festgestellt, daß die neue Paßwirtin ihren herrlichen Brautstrauß von dunklen Rosen auf das Grab ihrer Vorgängerin legte und dabei nasse Augen hatte.

Ferner wurde noch festgestellt, daß sie durchaus nicht wie eine Hexe aussah, sondern ein ganz natürliches, einfaches und schönes Menschenkind war.

Dann stiegen die beiden in den mit Feldblumen geschmückten Opel und fuhren zur Paßhöhe hinauf in den strengen Kreis der Pflichten, die Jutta von dieser Stunde an übernahm. Da gerade Hochsaison war, wollte die Zeit für eine Hochzeitsreise nicht reichen. Aber Gregor Schaller versprach, dies zu einem späteren Zeitpunkt nachzuholen.

Beim Heimkommen von der Trauung lag auch ein Telegramm da, und die wenigen Worte taten Jutta recht wohl.

»Von Herzen alles Glück, lieber Vater. Benedikta.«

»Du hast mir von deiner Tochter noch kaum etwas erzählt«, sagte Jutta, als er ihr das Telegramm zu lesen gegeben hatte. »Meinst du, daß sie mich mögen wird?«

»Wer dich nicht mag, der müßte ein Herz von Stein haben«, erwiderte er. »Du wirst sie bald kennenlernen.«

So gingen dann die Wochen dahin. Der Sommer machte dem Herbst Platz. Man merkte es vorerst freilich nur an den Frühnebeln und weil die Lärchen sich gelblich färbten. Sonst aber waren die Tage noch voller Wärme und Schönheit.

Nie, glaubte der Paßwirt, einen solch schönen Herbst erlebt zu haben. Wie verwandelt ging er durch das Haus. Es regte ihn nichts auf, er konnte nicht einmal zornig werden, als er hörte, daß Fräulein Therese in Amlangen eine Pension für Fremde eingerichtet habe. Es wäre mit leichter Mühe zu beweisen gewesen, daß diese Pension zu einem guten Teil von dem Geld des Paßwirts gekauft worden war, denn eine Nachprüfung der Bücher hatte ergeben, daß Fräulein Therese durchaus nicht so ehrlich gewirtschaftet hatte, wie sie es immer hinzustellen gewußt hat.

Bei der Bettwäsche war er im Zweifel, denn er hatte sich nie darum gekümmert. Aber es fehlte welche, sagte man ihm. Bei der Wochenwäsche wurde das von den Mägden festgestellt. Ebenso war ein Teil vom Silberbesteck verschwunden.

Aber, wie gesagt, er wurde auch darüber nicht zornig und dachte an keine Anzeige. Warum so viel Scherereien? Sollte die Spitzmaus glücklich werden damit. Er, der Paßwirt, war es auch geworden. Wie um zwanzig Jahre verjüngt kam er sich vor, und ein geradezu hochmütiger Stolz überfiel ihn, wenn er vom Fenster aus zusah, wie Jutta, die junge Paßwirtin, in der goldenen Morgenstunde, strahlend vor Kraft und Schönheit, die Frühstückstische entlangging und mit gewinnender Herzlichkeit die Gäste begrüßte. Nein, er hatte es noch keine Minute bereut, sie zu seiner Frau gemacht zu haben.

Dieser steile Aufstieg aber hatte Jutta nicht hochmütig gemacht. Sie vergaß bei den Mägden nie, daß sie einmal ihresgleichen gewesen war. Immer fand sie ein gutes Wort und saß manchmal am Abend für kurze Zeit unter ihnen. Der achttägige Dienst im Gasthof war jetzt für keine mehr ein Schrecken wie zu Spitzmaus' Zeiten. Jede freute sich jetzt darauf, wenn die Reihe an sie kam.

Ja, für Jutta hatte sich das Leben nun wirklich so gestaltet, wie sie es sich immer erträumt hatte. Die Vergangenheit war ausgelöscht. Ein Schleier hatte sich darübergebreitet, und nur manchmal tauchte hinter diesen Schleiern ein schmales Gesicht auf mit Augen, die schwer waren von Trauer und Einsamkeit. Und dieses Gesicht gehörte dem Holzknecht Anton Steger, dem einzigen Menschen, den sie enttäuscht hatte. Selber nun im Lichtglanz eines Glückes lebend, begriff sie erst, wie schwer es ihn getroffen haben mußte.

Dumm war nur, daß ihr diese kurzen Augenblicke des Rückerinnerns immer schlagartig zum Maßstab für ihr sonst so harmonisches Eheleben wurden. Sie achtete ihren Mann, sie schätzte seine Tüchtigkeit und Umsicht, fühlte sich geborgen in seiner Obhut, aber es war nicht die große Liebe. Nie würde sie ihm treulos sein, das hatte sie sich fest geschworen.

Sie dachte auch manchmal daran, was sie damals in der verfallenen Waldkapelle gelobt hatte. Nun hatte sie das Ziel erreicht, und sie wollte sich vor der Renovierung auch nicht drücken. Es war nur die Angst, dort unversehens dem Anton Steger begegnen zu können. Das durfte nie sein, denn sie fühlte, daß sie sich bis in den Boden hinein vor ihm hätte schämen müssen.

Anfang Oktober war in der Lahn der Sommer endgültig vorbei. Es ging schlagartig. An einem Nachmittag kam heftiger Wind auf, der Regen brachte. Es regnete die ganze Nacht, und am Morgen waren die Alpenpässe bis weit herunter mit Schnee überzuckert. Die letzten Gäste reisten ab, und es würde nun ein paar Wochen recht ruhig sein, bis die Wintersaison begann, von der der Paßwirt sich mehr als in früheren Jahren versprach, weil er auf Juttas Anraten einen Sessellift hatte bauen lassen.

Oft wunderte er sich über ihre Einfälle. Sie bewies in allem einen praktischen Sinn, und er durfte sich getrost auf ihren Rat verlassen. Mit sicherem Instinkt erkannte sie sofort immer alles, und da er geglaubt hatte, daß sie sich etwas schwer einleben würde, weil sie doch aus einer recht bescheidenen Welt kam, war er überrascht, wie leicht sie alles begriff und sich aneignete.

In dieser stillen Zeit bestimmte er einen Tag, an dem die Tochter im fernen Institut ihre neue Mutter kennenlernen sollte.

Frühzeitig fuhren sie weg. Gregor Schaller trug heute nicht die Bundhose, sondern einen dunklen Anzug. Wenn Jutta ihn von der Seite betrachtete, stellte sie befriedigt fest, daß er ein interessanter Mann war. Seine Wangen schimmerten noch bläulich von der frischen Rasur, sein Kinnbart war sauber ausgeschnitten, der Bart auf der Oberlippe streng gestutzt.

Zwar hatte sie ihn noch nie bei schlechter Laune erlebt, hatte er wirklich einmal etwas, so verflogen bei ihrem Anblick sofort die strengen Falten auf seiner Stirn. Heute aber war er geradezu fröhlich. Einmal pfiff er den Radetzkymarsch vor sich hin, dann sang er mit seiner dunklen Baßstimme ein lustiges Lied, und wenn dann die Straße für eine längere Strecke kurvenfrei verlief, legte er den Arm um ihre Schulter.

»Ja, ja, Jutta. Wir zwei, nicht wahr? Bist du ein wenig froh?«

»Ich bin recht froh, Gregor.«

»Und liebt mein Mädel mich ein wenig?«

»Ich bin dir von Herzen gut, Mann. Wie war das eigentlich in deiner ersten Ehe?«

Es war das erstemal, daß sie danach fragte, und die Antwort ließ lange auf sich warten. Dann aber kam sie mit aller Ehrlichkeit:

»Dich hab ich lieber. Meine Trauer um Amalie war ehrlich. Sie war eine brave und tüchtige Frau. Das muß ich ihr heute noch ins Grab nachsagen. Aber dich hab ich lieber. Das mag vielleicht auch mit dem Alter zusammenhängen. Ich war vierundzwanzig, als ich heiratete. Mit vierundzwanzig ist man noch kein Mann, wenigstens nicht in dem Sinn, daß man eine Frau so ganz versteht. Man nimmt alles für selbstverständlich. Mit Amalie bin ich durch viele Jahre getreulich bis in meinen hohen Mittag gegangen. Sie hat meine Jahre mitgenommen ins Grab. Du aber hast sie mir zurückgeschenkt und hast mich wieder jung gemacht.«

Dieses Geständnis beglückte sie tief.

»Weißt du auch, Mann, daß ich heute ein wenig Angst habe?«

»Du brauchst keine Angst zu haben. Ich bin immer sicher gefahren«, antwortete er und erzählte ihr einige Begebenheiten, die er mit dem Wagen schon gehabt habe, wo er nur haarscharf um einen Zusammenstoß herumgekommen sei.

»Das meine ich doch nicht, Gregor. Ich meine, daß ich heute deine Tochter zum erstenmal sehe. Muß sie mich denn nicht für einen Eindringling halten?«

»Wie kommst du auf den Gedanken? Benediktas Erbe wird doch dadurch nicht geschmälert. Ihr fällt der Johanniterhof zu. Auch den Lahnerhof soll sie haben. Die Paßwirtschaft aber sollst du haben, wenn mir einmal etwas zustößt.«

»Gregor, davon wollen wir nicht reden!« Ganz plötzlich war ihr zu Bewußtsein gekommen, wie sehr sie ihm zugetan war und wie leer ihr Leben ohne ihn wäre.

»Warum soll man darüber nicht reden? Unser Leben liegt in Gottes Hand. Es kann mit einem Schlag zu Ende sein. Aber der Tod hat nur für den Schrecken, der ihn fürchtet. Und fürchten tun ihn immer nur diejenigen, die nicht richtig leben auf dieser Erde. Im übrigen habe ich das Gefühl, daß ich neben dir neunzig werde!«

»Gott gebe es, Gregor.«

»Gott möge es auch geben, daß du mir noch einen Buben schenkst, Jutta. Ich gebe die Hoffnung noch lange nicht auf.«

»Das wäre auch mein sehnlichster Wunsch, Gregor. Und ich habe immer Angst, du könntest mir nicht mehr gutsein, wenn ich dich gerade in diesem Punkt enttäusche.«

»Unsinn! Als ob du was dafür könntest! Denk bloß nie daran, daß ich dir deshalb böse sein könnte. Ich habe mir das schon längst ausgedacht. Die Benedikta wird doch einmal heiraten. Und die soll uns dann die Kinder schenken, die uns versagt waren. Also kein Wort mehr darüber.«

Gegen Mittag waren sie in dem Marktflecken Tannhausen, in dessen Gemarkung der Julienhof sich befand; ein halb weltliches, halb klösterliches Unternehmen, mit Hauswirtschaftsschule und einer großen Landwirtschaft.

Sie aßen im besten Gasthof des Ortes zu Mittag. Der Paßwirt war jedesmal hier eingekehrt, wenn er nach Tannhausen gekommen war, um seine Tochter zu besuchen. Er war bekannt hier, und es schmeichelte Jutta, so an seiner Seite zu sitzen und zu beobachten, wie der Gasthofbesitzer bei der Begrüßung und Vorstellung vor Verwunderung die Augenbrauen hochzog und sagte:

»Was? Sie haben geheiratet? Nachträglich meine aufrichtige Gratulation!« Dabei sah er Jutta an, die in ihrer dunklen Tracht und der aufgesteckten Haarkrone herrlich aussah.

Gegen zwei fuhren sie dann nach dem Julienhof. Die großen weißen Gebäude standen ehrfurchtgebietend auf einem Höhenrücken, und Gregor Schaller mußte erst vor dem großen, kunstgeschmiedeten Eisentor eine Glocke ziehen, bevor eine junge Schwester kam und öffnete. Dann fuhr der Paßwirt ehrfurchtslos genug mit scharfem Tempo bis vor das Hauptportal und öffnete Jutta den Wagenschlag.

Im großen Empfangsraum wurden sie von der Mutter Oberin begrüßt.

»Benedikta geht es sehr gut«, sagte sie. »Ich bin recht zufrieden mit ihr. Sie zeigt an allem ein lebhaftes Interesse und ist sehr geschickt. Sie werden sie gleich sehen. Bitte, nehmen Sie doch Platz. Ich nehme an, daß Sie den Kaffee bei uns trinken werden.«

Während sie das sagte, betrachtete sie Jutta mit abwägendem Blick und fügte hinzu: »Benedikta wird sich freuen, ihre neue Mutter kennenzulernen.« Dann drückte sie auf einen Klingelknopf und befahl, Benedikta zu verständigen, daß ihre Eltern gekommen seien.

Es mochte wohl sein, daß gelegentlich darüber gesprochen worden war, wie alt Benedikta sei. Vielleicht hatte Jutta es überhört. Jedenfalls war sie die ganze Zeit der Meinung gewesen, es handle sich um ein halbwüchsiges Mädchen.

Darum erschrak sie jetzt, als Benedikta hereintrat, groß und schlank. Ihr Gesicht war ein wenig blaß, aber ihre Augen leuchteten auf, als sie den Vater sah. Sie flog auf ihn zu, schlang die Arme um seinen Hals und küßte ihn. Dann wandte sie das Gesicht. Ihre dunkelblauen Augen hingen an Jutta. Ein Lächeln blühte in ihrem Gesicht auf, ein ganz und gar unbeschwertes Lächeln, als ob sie sich über etwas freue, von dem sie eine ganz andere Vorstellung gehabt hatte. Dann reichte sie Jutta beide Hände hin.

»Ich freue mich sehr, daß du mitgekommen bist.«

Ein merkwürdig schönes Gefühl durchströmte Jutta bei diesen Worten, sie fühlte, daß sie kein leeres Gerede waren, sondern die Wahrheit. Kein Mensch kann mit einem solchen Leuchten in den Augen sagen, daß er sich freut, wenn es anders ist.

»Wäre ja noch schöner«, meinte der Paßwirt. »Sie hat's verdient, einmal mitgenommen zu werden. Seit unserer Hochzeit steckt sie dauernd im Geschirr und kommt kaum mehr zum Schnaufen.«

»Übertreib nur nicht, Gregor«, lachte Jutta.

»Was wahr ist, darf man sagen. Dies ist heute sozusagen

unsere kleine Hochzeitsreise. So Gott will, machen wir im Spätherbst noch eine große. Aber was ich sagen will, Mädl: du siehst ein wenig blaß aus für diese Jahreszeit.«

»Benedikta absolviert gerade einen Weißnähkurs und kommt dadurch wenig an die frische Luft«, schaltete sich die Oberin ein, die den Tisch mit einem Tuch deckte.

»Nehmt doch Platz«, sagte Benedikta und streifte wieder Juttas Gesicht.

Sie darf mich nicht Mutter nennen, dachte Jutta. Ich will ihr eine gute Freundin sein, wenn ihr was daran liegt. In diesen wenigen Minuten hatte sie bereits Zuneigung zu diesem zarten Geschöpf gefaßt.

Etwas später brachte eine Schwester Kaffee und Kuchen. Benedikta schenkte ein und legte vor. Der Paßwirt ließ sich auch hier nicht von seinen Gepflogenheiten abbringen, tauchte sein Kuchenstück tief in die Kaffeetasse und brauchte die kleine Kuchengabel überhaupt nicht.

»Ja, Mädl, nun sag: hast du denn gar keine Lust, heimzukommen?« fragte er nach einer Weile.

»Wenn es dir nichts ausmacht, Vater, möchte ich gerne noch ein drittes Jahr hierbleiben.«

»Ein Jahr noch? So, so. Mhm.«

»Empfehlenswert wäre es wohl«, meinte die Mutter Oberin. »Noch ein Jahr Hauswirtschaftsschule. Lernen kann man nie genug, zumal Sie, soweit ich informiert bin, einen großen Gasthof haben.«

»Groß? Na ja, es gibt noch größere. Immerhin, das Wirtshaus in der Lahn kann sich sehen lassen. Sie müßten einmal hinkommen, Frau Oberin. Eine Luft haben wir dort, nicht wahr, Jutta! Jeder Atemzug davon wäre drei Mark wert.«

Die Mutter Oberin sagte, es wäre nicht ausgeschlossen, daß sie einmal vorbeikomme, denn ihres Wissens läge dahinten doch auch ein Wallfahrtsort.

»Sehr richtig. Frauenbrunn heißt er. Zwei Stunden Fußmarsch von der Lahn entfernt.«

Dann schien die Mutter Oberin das Gefühl zu bekommen, eigentlich überflüssig zu sein bei dem, was die drei Menschen sich zu sagen hatten. Kaum war sie draußen bei der Tür, sagte der Paßwirt:

»Also, dann bleibst du halt noch ein Jahr. Aber jetzt Hand aufs Herz, Mädl. Was sagst du – übrigens recht schönen Dank für dein Telegramm – was sagst du zu deiner neuen Mutter?«

Juttas Herz klopfte in diesem Augenblick doch recht heftig. Wie würde die Antwort sein? So gleichgültig war es ihr ja nun doch nicht, wie die erwachsene Tochter zu ihr stand. Wieder fühlte sie sich von den tiefblauen Augen betrachtet. Aber dann atmete sie erleichtert auf, denn Benedikta sagte mit gewinnender Herzlichkeit:

»Eigentlich müßte sie dir, Vater, nur dir ganz allein gefallen. Aber sie gefällt mir auch gut. Ich wünsche dir, Vater, daß du recht glücklich bist.«

»Ja, das bin ich. Das bin ich wirklich«, lachte der Paßwirt und wischte sich den Mund ab. »Rauchen darf man wohl nicht in diesen heiligen Hallen? Ich sehe wenigstens nirgends Aschenbecher.«

»Nimm die Untertasse, Vater. Ich mache das dann schon in Ordnung. Für gewöhnlich wird hier nicht geraucht, aber du sollst, wenn du bei mir bist, nicht auf deine Zigarre verzichten.«

Genußvoll stieß der Paßwirt die ersten Rauchwolken in die Luft. Dann erzählte er von der Lahn, was sich in der Zwischenzeit alles ereignet hatte, daß der Lambertus es allmählich mit seiner Faulheit zu einer Virtuosität brächte, und daß die Spitzmaus (hier mußte er zunächst lachend erzählen, daß damit Fräulein Therese gemeint sei) nicht so so gewesen sei, wie man immer gemeint habe. Auch von dem Skilift erzählte er, von dem er sich für den Winter allerhand erwarte.

Mit leuchtenden Augen saß Benedikta da. Manchmal lächelte sie Jutta an und wurde rot bis unter die Haarwurzeln, als der Vater schier unvermittelt die Frage aufwarf:

»Und nun raus mit der Farbe, Jutta: Wie gefällt dir deine neue Tochter?«

»Zunächst ist es deine Tochter, die mir ausnehmend gut gefällt. Ich habe keinen anderen Wunsch, als daß sie mir so gut ist, wie ich es ihr bereits bin. Bloß bitte ich dich, Benedikta, nenne mich nicht Mutter. Jeder sieht doch, daß ich es nicht sein kann. Es wirkt dann immer wie eine Komödie. Wenn es geht, dann sag Jutta zu mir.«

»Ich danke dir«, antwortete Benedikta. »Du machst es mir leicht, den Weg zu dir zu finden.«

»Bravo«, lachte der Paßwirt und rieb sich vergnügt die Hände. »Ihr zwei werdet euch schon verstehen! Habt ihr den Stein gehört, der mir vom Herzen gefallen ist? Aber wo steckt denn deine Oberin? Muß sie gefragt werden, wenn ich dich für ein paar Stunden mitnehme?«

»Der Ordnung halber muß schon gefragt werden, Vater.«

»Dann tu es und zieh dich recht hübsch an. Heute will ich einmal ein wenig angeben mit euch beiden. Es kommt ja nicht alle Tage vor, daß ein angehender Fünfziger mit zwei so blitzsauberen Frauenzimmern ausgeht!«

Eine Viertelstunde später war Benedikta wegebereit. In ausgelassener Laune, so wie Jutta ihren Mann noch gar nicht kannte, schlenderten sie durch die Stadt. Links hatte sich Benedikta eingehakt und rechts Jutta. Vor einem Goldschmiedeladen blieben sie stehen.

»So, Kinder, nun sucht euch mal recht was Schönes aus. Heute reut mich nämlich nichts.«

Mit einer herrlichen Halskette, so wie Jutta sich schon lange eine gewünscht hatte, verließ sie den Laden. Die Kette war aus schwerem Silber, war siebenfach gegliedert und wurde mit einer goldenen Brosche geschlossen.

Benedikta hatte ein Medaillon gewählt. Anschließend besuchten sie ein bekanntes Weinlokal, aßen dort zu Abend, und dann mußte Benedikta wieder im Julienhof abgeliefert werden. Beim Abschied flüsterte sie Jutta ins Ohr:

»Nun kann ich es dir ja sagen. Ich habe Angst gehabt vor dir.«

»Vor mir? Ach, du Dummerle! Meine Angst vor dir war eher berechtigt. Hab immer gemeint, du könntest mich für einen Eindringling halten. Aber jetzt weiß ich, daß du nicht so denkst, und ich freue micht auf die Zeit, wo wir ganz beisammen sind. Vielleicht überlegst du dir das mit dem dritten Jahr doch noch?«

Durch die Nacht fuhren dann der Paßwirt und sein Weib heimwärts. Jutta war müde und lehnte den Kopf an die Schulter des Mannes. Wenn sie die Augen weit aufschlug, sah sie die Sterne über sich wandern. Und da fiel ihr auf einmal wieder das Gelübde ein, das sie in der Waldkapelle getan hatte. Nun hatte sie ihr großes Ziel ereicht. Und da sie nicht zu den Menschen gehörte, die in der Not etwas gelobten, um es hernach nicht zu halten, beschloß sie, die Sache sofort in Angriff zu nehmen.

Aber wie? Sie konnte doch nicht selbst dorthin fahren. Wenn sie für die Kirche in Amlangen etwas stiftete, war das dann dasselbe? Aber auch dann mußte sie es ihrem Mann sagen. Hinter seinem Rücken wollte sie es nicht tun. Sie schob sich von seiner Schulter weg und sah geradeaus. Die Scheinwerfer griffen grell ins Dunkel. Ein Hase wollte über die Straße hoppeln, kam aber trotz aller Versuche aus dem Scheinwerferkegel nicht heraus. Die grellen Lichter hatten ihn erfaßt und hielten ihn wie ein Magnet fest. Schließlich brachte der Paßwirt den Wagen zum Halten, schaltete das Licht ab, und als er es nach einer Weile wieder einschaltete, war Meister Lampe verschwunden.

»Ein Hase rentiert sich nicht«, lachte der Paßwirt. »Ein Reh schon eher.« Bevor er den Wagen wieder anspringen ließ, nahm er Jutta fest um den Hals. »Komm her, Maidle. Den ganzen Tag keinen Kuß, das wird mir doch zu lang jetzt.«

Im Weiterfahren sagte dann Jutta:

»Sag, Gregor, wenn man etwas gelobt, dann muß man es doch auch halten, nicht wahr?«

»In der Regel ist es so«, antwortete er. »Hast du etwas gelobt?«

»Ja, bevor ich in die Lahn kam, war ich in einer alten Waldkapelle. Damals fühlte ich mich so einsam und verlassen, und ich habe dann gelobt, wenn es mir jemals bessergehen sollte, dann würde ich dieses halbzerfallene Kirchlein renovieren lassen.«

»Und geht es dir denn jetzt besser als damals?«

»Aber Gregor!«

»Ja, weißt du«, sprach er eifrig weiter. »Manchmal meine ich, daß ich viel zu wenig gut bin zu dir.«

»Es gibt doch keinen besseren Menschen als dich. Ich bin so zufrieden, daß ich mir wirklich nichts anderes mehr wünschen könnte.«

»Dann ist's gut. Dann mußt du natürlich auch den Gelöbnis einhalten. Wo liegt denn diese Kapelle?«

»Zwei Stunden Fußweg von Ruhenpendling in südlicher Richtung.«

»Das ist ganz einfach dann. Telefonierst morgen mit dem Pfarramt in Ruhenpendling, sie sollen das in Ordnung bringen lassen und die Rechnung an uns schicken.«

Er ist doch ein wunderbarer Mensch, dachte sie. Wie soll

ich ihm denn bloß alles lohnen? Dann lehnte sie ihren Kopf wieder an seine Schulter und schlief ein.

Zu einer großen Hochzeitsreise kamen sie nicht mehr, denn ganz plötzlich war der Winter da. Und es wurde ein strenger Winter. Ende November waren sie ein paar Tage völlig von der Welt abgeschnitten, weil der Postbus auch nicht mehr durchkam und der Schneepflug auf sich warten ließ. Unglücklicherweise war auch die Telefonleitung durch einen Schneesturm unterbrochen worden, und zwar gerade in dem Augenblick, als der Paßwirt wütend in den Apparat geschrien hatte, daß es eine Schlamperei ohnegleichen wäre, den Schneepflug erst dann in Ordnung zu bringen, wenn man ihn brauche. Er erlaube sich ohne Respekt zu fragen, weshalb man so hohe Steuern an die Gemeinde Amlangen zahlen müsse.

Knechte und Mägde mußten mit Schaufeln ausrücken. Meterhoch türmten sich die Schneewände um die Gebäude, und am dritten Tag waren sie auch mit dem Ausschaufeln der Straße so weit, daß wenigstens der Postomnibus wieder durchkonnte. Er war gesteckt voll mit Wintersportlern.

Der Skilift rentierte sich großartig. Das Paßwirtshaus war voll besetzt wie im Sommer. Gregor Schaller knauserte nicht mit Anerkennung und lobte Juttas guten Einfall mit dem Skilift.

Immer weiter gingen die Tage in den Advent hinein. Jutta meinte, daß sie in diesen Wintertagen die schönste Zeit ihres Lebens genieße. Es bereitete ihr kindliche Freude, die Geschenkliste aufzustellen für alle, die es zu beschenken galt in der Lahn. Und der Paßwirt ließ sie großzügig gewähren, weil er sah, wieviel Freude es ihr machte.

Souverän beherrschte sie den ganzen Betrieb. Das Gesinde gehorchte ihr gern, denn sie geizte nicht mit Lob. Und ein Tadel war stets gerecht. Nie ließ sie sich zu einer beleidigenden Äußerung hinreißen. Stets erinnerte sie sich, daß sie selber auch aus der Welt der Dienenden aufgestiegen war. Das Band dorthin riß nicht ab. Immer blieb eine gewisse Verbundenheit zu den Leuten, die es ihr leicht machte, gerecht zu sein.

Am schönsten waren für Jutta jetzt die Abende, wenn sie beide hinaufgingen in die Privaträume. Im offenen Kamin brannte ein gemütliches Feuer. Der Paßwirt saß in seinem bequemen Lederstuhl, die lange Pfeife zwischen den Zähnen, die Zeitung in den Händen. Jutta brachte ihm seinen Tee, trank selber ein Gläschen Wein und fühlte sich geborgen wie ein Kind.

Manchmal fragte sie sich, womit sie dieses Glück eigentlich verdient hätte. Ja, es war wirklich ein Glück, für sie und für ihn. Aus dem anfänglichen Gefühl der Dankbarkeit war eine stille Liebe zu dem Mann entstanden, der sie aus ihrem armseligen Leben herausgehoben hatte. Sie erschrak längst nicht mehr, wenn er Zeitung und Pfeife weglegte und nach ihrer Schulter langte. Nein, zuweilen war es so, daß sie Sehnsucht empfand nach seiner Berührung.

Die Schatten ihrer Vergangenheit waren gewichen. Und wenn manchmal der Gedanke über sie herfiel, daß so ein großes Glück nicht ewig dauern könnte, verwarf sie ihn sofort wieder. Wer sollte sich auch in ihr Glück drängen?

Ihr ganzes Wesen wirkte ungemein beruhigend auf den Paßwirt. Einmal aber kam er so wütend vom Lahnhof herüber, daß auch ihr gutes Zureden ihn nicht gleich beschwichtigen konnte. So wartete sie bis zum Abend, und als er seine Pfeife angezündet hatte, fragte sie:

»Jetzt sag, Gregor, warum bist du denn heute gar so wild gewesen? So bös hab ich dich noch nie gesehn. Was hat dich denn so aus dem Häusl gebracht?«

»Der Baumeister hat auf Lichtmeß gekündigt.«

»Fort will er? Warum denn?«

»Weil er draußen im Flachland ein Gütl pachten kann.«

»Warum willst du ihm das nicht gönnen, Gregor? Jeder Mensch strebt doch nach Selbständigkeit. Er wird sicher damit rechnen, daß er das Gütl in ein paar Jahren kaufen kann.«

»Nicht gönnen? Ich will dir mal was sagen –«

»Nein, laß mich erst noch was sagen, Gregor«, unterbrach sie ihn lächelnd und faßte nach seiner Hand. »Gewiß haben die beiden schon Jahr um Jahr darauf gespart. Nun sind sie halt soweit, und darüber ärgert sich nun der Paßwirt. Gregor, das ist doch sonst nicht deine Art. Es wird sich schon ein anderer Baumeister finden lassen.«

»Ja, du magst recht haben. Mich ärgert nur, daß er es mir so spät sagt. Bei dem chronischen Mangel an landwirtschaftlichen Kräften ist es gar nicht so leicht, den Richtigen zu finden. Man muß es manchmal erst mit dreien oder mit vieren versuchen, bis einer wieder so herpaßt in die Lahn wie der Berger.«

»Kommt Zeit, kommt Rat. Ärgere dich nur jetzt nicht, Gregor. Dadurch wird es auch nicht anders.«

»Hast recht, Jutta. Komm, schenk mir auch ein Glas Wein ein. Merkwürdig, wie du einem jeden Ärger aus dem Kopf blasen kannst.«

Es ließ sich aber um diese Zeit so leicht nichts finden. Lichtmeß ging vorüber. Die Baumeisterleute Berger verließen die Lahn. Sie verließen sie nicht gerne, weil noch kein Ersatz für sie gefunden war. Aber ihr Vertrag konnte auch nicht mehr rückgängig gemacht werden. So mußte sich der Paßwirt selber in das Getriebe des Hofes einschalten. Der Märzwind fraß den Schnee von den Hängen. Nur die Abfahrt vom Jaussen und vom Hohen Wank war noch gut, und im Paßwirtshaus waren nach wie vor alle Zimmer belegt.

An so einem warmen Märztag saß um die Mittagszeit ein junger Bursche in der Wirtsstube am großen, runden Ofentisch, bestellte sich ein Bier und fragte nach dem Paßwirt. Mit beiden Händen umschloß er sein Bierglas und schaute interessiert auf den Trubel um sich. Braungebrannt von der Märzsonne nahmen die Pensionsgäste an den Tischen Platz. An der Hauswand lehnten ein Dutzend Skier. Das Radio gab gerade die landwirtschaftlichen Nachrichten bekannt, aber in dem Gewirr der Stimmen ringsum war kaum etwas zu verstehen, so sehr der Bursche auch sich bemühte.

Plötzlich stand der Paßwirt vor ihm.

»Sie wünschen?«

»Beim Arbeitsamt hat man mir gesagt, daß Sie einen Baumeister suchen.«

Die grauen Augen des Paßwirts musterten den Burschen kurz und scharf. Dann zog er sich einen Stuhl heran und setzte sich.

»Ja, das ist richtig. Trauen Sie sich die Stelle zu? Bei mir muß einer selbständig arbeiten können. Wie alt sind Sie?«

»Sechsundzwanzig bald.«

»Hhm. Ein bißl jung für solchen Posten. Aber wir können es ja versuchen. Wo waren Sie bisher?«

»Ich habe zuletzt als Holzknecht gearbeitet. Aber mein Arbeitgeber, ein Sägewerksbesitzer, ist plötzlich in Schwierigkeiten gekommen –«

»Ja, ja«, meinte der Paßwirt. »Die Holzpreise sind plötzlich gefallen. Es hat da manchen erwischt. Sie können die Stelle sofort antreten. Afra, bring ein Mittagessen! Er wird unser neuer Baumeister sein.«

»Wenn ich fragen darf«, meinte der Bursche zögernd, »wie hoch ist der Lohn?«

»Sind Sie verheiratet?«

»Nein, noch ledig.«

»Es hätte mir nichts ausgemacht, im Gegenteil. Die Frau des bisherigen Baumeisters hat die Küche drüben geführt. Ich zahle nach Tarif. Auf ein paar Mark mehr oder weniger kommt es mir nicht an, wenn ich sehe, daß einer so wirtschaftet, als ob es sein Eigenes wäre.«

»Ich werde mir Mühe geben, Herr.«

»Hast du deine Papiere dabei?«

Der Bursche zog seine Brieftasche und reichte ein paar Blätter über den Tisch.

»Anton Steger«, las der Paßwirt und nahm davon Kenntnis, daß Anton Steger vor dem Krieg eine landwirtschaftliche Schule besucht habe und mit allen einschlägigen Arbeiten vertraut sei. Dann hatte ihn der Krieg fortgenommen, und nach dem Krieg hatte er im Walde gearbeitet. Das Zeugnis des Sägewerkbesitzers bescheinigte Anton Steger, ein pflichtbewußter und ehrlicher Mensch zu sein.

Afra brachte die Suppe. Der Paßwirt gab die Papiere zurück und stand auf. »Wir gehen hernach zum Hof hinüber. Mahlzeit!«

Anton Steger hatte einen prächtigen Hunger, die Suppe schmeckte ihm ausgezeichnet, und er gewann den Eindruck, es nicht schlecht erraten zu haben mit dieser Stelle. Eigentlich war er froh, daß es so gekommen war. Die Waldhütte war ihm, seit Jutta ihn so plötzlich verlassen hatte, verleidet, und er fühlte sich in ihr nur doppelt einsam.

Auf einmal weiteten sich seine Augen. Aus der dunkelgetäfelten Tür drüben trat eine jugendliche Frau, ging mit einem leichten Neigen des Kopfes lächelnd durch die Tischreihen, sprach da und dort ein paar Worte und stand plötzlich vor seinem Tisch.

Ihr Erschrecken war offensichtlich. Weiß bis in die Lippen hinein starrte sie ihn an, faßte die Lehne des Stuhles vor sich mit beiden Händen und schloß die Augen. Es sah gerade so aus, als überfiele sie eine Schwäche, und sie griff nach einer Stütze, um nicht umzusinken.

»Was willst du hier?«

»Sage du mir erst, was du hier tust«, fragte Anton zurück.

Jutta brauchte es ihm nicht mehr zu sagen, denn die Kellnerin stellte ihm gerade den riesigen Kalbsbraten hin und sagte dabei, zu Jutta gewandt:

»Brinkmanns wünschen die Rechnung, Frau, weil sie am Nachmittag abreisen.«

»Gut, ich komme gleich«, antwortete Jutta mit Anstrengung.

»Ach so«, sagte Anton Steger. »Jetzt kenne ich mich aus. So also läuft der Hase!«

»Ich habe hernach mit dir zu reden«, teilte Jutta ihm noch schnell mit und ging weg.

Dazu kam es aber vorerst nicht, denn der Paßwirt nahm ihn gleich nach dem Essen mit zum Hof und wies ihn ein. Dabei stellte er fest, daß der Bursche mehr verstand, als er ihm zugetraut hätte. Zufrieden nickte er vor sich hin. Jutta schien wieder einmal recht gehabt zu haben mit ihrer Meinung, daß sich schon jemand finden ließe. Und anscheinend war der Richtige gefunden worden.

Unruhig verlebte Jutta die Stunden dieses Tages. Sie hatte das Gefühl, als sei über ihr Glück eine dunkle Wolke gezogen, die nicht weiterziehen wollte, sondern hartnäckig stehenblieb. Nur mit Mühe konnte sie ihre Nervosität verbergen. Lauter sinnlose Dinge tat sie, nur um die Zeit bis zum Abend totzuschlagen.

Als es endlich Nacht geworden war, warf sie einen Lodenmantel über die Schulter und ging durch die Hintertür hinaus. Eigentlich hätte sie es gar nicht so heimlich zu tun brauchen, denn sie ging doch so manchen Abend hinüber zum Gutshof. Es mußte schon das schlechte Gewissen sein, daß ihrem Gang heute etwas Heimliches zugrunde lag.

Durch einen Spalt im Vorhang schaute sie nochmals in den Gastraum. Lambertus saß hinter der Theke und bediente den Plattenspieler. Im großen Nebenzimmer tanzten ein Dutzend Paare. Längst waren Skihosen und Pullover mit Anzug und elegantem Kleid vertauscht. Gregor Schaller aber saß am Ofentisch und verhandelte mit einem Weinvertreter, er würde sie in der nächsten Stunde kaum vermissen.

Leichtes Schneegeriesel stäubte ihr Gesicht und Haar. Aus der Dunkelheit leuchteten die Lichter des Hofes. Zwei Minuten später stand sie dem Mann gegenüber, der hier seit sieben oder acht Stunden Baumeister war und von dem sie geglaubt hatte, daß sie ihn nie wiedersehen würde.

Der Lodenmantel glitt von ihrer Schulter, ohne daß sie sich bemüht hätte, ihn aufzuheben. Ihre Augen waren fest auf den Mann gerichtet. Sie wurde nicht klug aus seinem Gesicht. Es war verschlossen und stumm. Nur um seinen Mund fand sie einen Zug, der ihr fremd war.

»Warum hast du das getan?« fragte sie hart.

»Was soll ich denn getan haben?«

»Du hast dich auf meine Spur gesetzt und willst dich nun in das Leben eindrängen, das ich mir aufgebaut habe.«

Anton bückte sich nach ihrem Mantel und legte ihn über eine Stuhllehne. Dann sagte er:

»Das sind nun gleich zwei Irrtümer auf einmal. Erstens habe ich mich nicht auf deine Spur gesetzt, die du wohlweislich gar nichts hinterlassen hast, und zweitens hast du dir dieses Leben hier nicht selber aufgebaut, sondern du hast dich ins warme Nest gesetzt. Man müßte dir Glück wünschen zu deiner Karriere.«

Müde strich sie sich mit der Hand über die Stirn. Diesen selbstsicheren, ein wenig ironischen Ton hätte sie von ihm nicht erwartet. »Du bist verbittert«, sagte sie nach einer Weile. »Und ich kann das auch verstehen. Ich gebe zu, daß ich nicht recht gehandelt habe an dir. Du hättest es besser verdient. Wenn du es nur vergessen könntest, Anton.«

»Seit ich weiß, wer du hier bist, habe ich es vergessen.«

Zwar wußte er genau, daß er sich belog, aber was könnte hier die Wahrheit nützen? Und plötzlich sprang ihn etwas wie Zorn an, weil die Frau, der er einmal zwölf Tage lang Gastrecht in seiner Hütte gegeben, mit der er sein karges Brot geteilt und in deren Zärtlichkeiten er sich gebettet hatte, jetzt zu ihm sagte:

»Du kannst unmöglich hierbleiben, Anton. Wenn du mich wirklich einmal gern gehabt hast, dann gehe wieder.«

Trotzig riß er den Kopf hoch.

»Warum soll ich nicht hierbleiben können? Ich habe kein Talent, bei Nacht und Nebel fortzugehen wie gewisse andere Leute. Oder hast du vielleicht Angst?«

Das saß. Es war wie ein Schlag, der ihre Wange traf.

»Angst? Ich weiß es nicht. Kann sein, daß ich Angst habe.«

Da holte er zum zweiten Schlag aus.

»Du brauchst keine Angst zu haben. Ich werde schon zusehen, daß ich dir möglichst wenig begegne. Außerdem eigne ich mich nicht zum Ehebrecher.«

Jutta verfärbte sich und wurde gleich darauf brennend rot.

»Diese Bemerkung hättest du dir sparen können. Ich weiß nicht, für was du mich ansiehst. Jedenfalls tauge ich genausowenig zum Ehebrechen. Dazu achte ich den Paßwirt viel zu sehr. Ach, Anton, ich möchte dir gerne sagen, wie das hier gekommen ist.«

»Es interessiert mich nicht. Mich interessiert nur eines: weiß er es?«

»Er weiß es nicht. Ich habe es ihm nicht gesagt. Weiß selber nicht warum. Heute bereue ich, es nicht getan zu haben. Er hat ein gütiges Herz und hätte auch darunter einen Strich gemacht.«

»Du hättest es ihm ruhig sagen dürfen. Es waren ja doch bloß zwölf Tage, die du mich belogen hast. Ich Narr aber habe für Liebe genommen, was Lüge war.«

»Das ist nicht wahr, Anton. Ich habe dich –« Sie griff nach ihrem Mantel und legte ihn um die Schultern. Sie hätte noch gerne sagen wollen: Ich habe dich wirklich lieb gehabt. Weil er aber von ihr eine so niedere Meinung hatte, konnte das ruhig ungesprochen bleiben. »Wenn ich es ihm gesagt hätte, stündest du heute nicht hier, weil er dich dann nicht in seine Dienste genommen hätte.« Sie ging zur Tür, drehte sich noch einmal um. »Ich kann dich nicht zwingen, fortzugehen. Daß du es nicht selber tust, beweist mir, daß auch du die zwölf Tage nicht vergessen hast.«

Hier hätte Anton nun etwas Gegenteiliges antworten können. Aber die Tür hatte sich schon hinter ihr geschlossen. Ihr fester Schritt ging durch den Flur und verlor sich draußen in der Dunkelheit. Als ob ich das je vergessen könnte, dachte er. Wenigstens so vergessen, daß ihr Davonlaufen mich nicht mehr ärgern würde. Es hatte sich vernarbt, ja, gewiß, aber er vergaß nie die Sehnsucht.

Er ging ans Fenster und starrte in die Dunkelheit hinaus. Merkwürdig, wie die Zufälle oft spielen. Nie hätte er gedacht, ihr jemals wieder zu begegnen. Und nun hatte ihn das Schicksal in die Lahn gelenkt und hatte ihn zum Knecht einer Frau werden lassen, die einmal Magd war und den Arm nach ihm gestreckt hatte, wenn er in der Frühe in den Wald gegangen war.

Eigentlich tat es ihm jetzt leid, daß er solch harte Worte gebraucht hatte. Gönnte er ihr denn ihr Glück nicht?

Er sah drüben im Gasthof die hellerleuchteten Fenster, an denen sich Paare vorüberdrehten. Einmal öffnete sich eine Tür. Heller Lichtschein fiel in die Dunkelheit. Das war da, als Jutta das Haus betrat.

Verwirrt noch von der Unterredung, hängte sie ihren Mantel im Büro an den Haken und betrachtete sich im Spiegel. Nein, man sah ihr nichts an. Nur die kleine Falte zwischen den Brauen mußte weg.

Wenig später ging sie bereits wieder lächelnd durch die Gaststube, und niemand merkte, daß dieses Lächeln heute nur Maske war. Hernach saß sie eine Weile am Tisch des Weinvertreters, der ihr erzählte, daß mit dem Paßwirt ein schlechtes Handeln sei, weil er die Preise immer so drücke. An ihm sei wirklich nichts zu verdienen. Darüber mußte der Paßwirt herzlich lachen. Dabei faßte er Juttas Handgelenk und zog sie zu sich auf die Bank, legte den Arm um ihre Schulter und hielt ihr sein Weinglas an die Lippen.

Jawohl, so großartig tat er zuweilen vor den Leuten. Ein wenig prahlerisch wollte er der Umwelt zeigen, welch großartiger Kerl er war, ein so junges, blitzsauberes Weib zu haben. Sonst hatte Jutta es ganz gerne. Heute aber empfand sie es peinlich und hätte am liebsten seinen Arm von der Schulter gestreift. Immerzu mußte sie sich fragen, ob ihr Leben durch das Auftauchen Anton Stegers sich ändern würde. Nicht, daß sie Angst gehabt hätte, einen unrechten Schritt zu tun. Das war es nicht. Sie fühlte sich nur nicht mehr so frei wie vorher. In alle möglichen Richtungen jagten ihre Gedanken. Vielleicht ließ er sich doch nicht so gut an, wie es der Paßwirt meinte.

Später dann, als sie mit ihrem Mann im Wohnzimmer saß, stellte Jutta vorsichtig die Frage:

»Wie ist es, Gregor, hast du diesen Baumeister fest angestellt?«

»Vorerst vier Wochen auf Probe. Ich glaube, wir machen einen guten Griff mit ihm. Er versteht was.«

»Ist er nicht zu jung für diesen Posten?«

»Hab ich zuerst auch gemeint. Scheint aber nicht der Fall

zu sein. Manchmal kommt mir vor, als mache die heutige Zeit die Menschen früher reif. Wird bei seinen Jahrgängen auch der Krieg ausgemacht haben, denke ich.«

»Möglich«, gab sie zu und schälte umständlich eine Apfelsine. »Notfalls wäre es auch ohne Baumeister gegangen, meinst du nicht?«

»Notfalls?« fragte er verwundert und blickte von seiner Zeitung auf. »Ich selber hätte mich eben dann mehr in die Wirtschaft einschalten müssen. Aber warum denn, wenn es nicht sein muß? Sei froh, daß wir jemanden gefunden haben. Oder hast du irgend etwas gegen diesen Mann?«

»Ich? Wie kommst du denn darauf?«

»Laß mich übrigens nicht vergessen«, sagte er plötzlich, das Gespräch in eine andere Richtung lenkend. »Der Metzger von Amlangen soll morgen an die dreißig Kalbsschnitzel mehr heraufschicken. Es hat sich eine Reisegesellschaft angesagt. Am besten ist's, du rufst gleich selber an.«

»Ja, ich werde anrufen. Hast du dir meinen Vorschlag immer noch nicht überlegt, Gregor? Wenn du die beiden Räume neben den Garagen als Metzgerei einrichtest und einen tüchtigen Metzger einstellst, bliebe uns mancher Ärger mit den Lieferungen erspart. Ein Gasthof mit eigener Metzgerei ist immer rentabler, als wenn man jedes Pfund Fleisch beim Metzger kaufen muß. Großschlachten brauchen wir ja nicht. Nur Kälber und Schweine.«

»Du hast recht, Jutta. Ich muß tatsächlich ernstlich darangehen. Deine Vorschläge haben sich bis jetzt immer bewährt. Bloß frage ich mich oft, warum denn? Für wen denn? Für uns zwei reicht es doch leicht.«

Aus ihrem Gesicht schoß alle Farbe. Sie war heute durch die Begegnung mit Anton Steger besonders empfindlich und hörte aus jedem Wort mehr heraus, als gemeint war. So sagte sie härter, als sie es eigentlich wollte:

»Soll die Schuld bei mir sein, wenn kein Kind kommen will?«

Er war gerade dabei, seine Pfeife am Ofen auszuklopfen. Mit einem Ruck fuhr sein Kopf herum.

»Hab ich das schon einmal gesagt?«

»Ich habe es herausgehört aus deinen Worten. Und gedacht – sei nur ehrlich, Gregor, gedacht wirst du es oft genug schon haben. Vielleicht reut es dich in einem Jahr überhaupt, mich genommen zu haben.«

Mit zwei raschen Schritten stand er vor ihr.

»Sag das nie wieder, du! All unser Denken und alles, was man darüber spricht, ist Dummheit. Wenn Gott uns einen Buben schenkt, so wollen wir dankbar sein dafür. Wenn nicht, dann wird es eben sein Wille sein.« Er legte den Arm um ihre Schultern und lehnte die Stirn gegen die ihre. »Maidle, Maidle, du hast scheint's heut einen schlechten Tag. Hast du etwas auf dem Herzen, dann sag es.«

Längst hatte sie ihre Härte bereut. Sie umschlang ihn und küßte ihn.

»Hast recht, Gregor. Ein schlechter Tag heut. Sei mir nicht bös.«

»Wie könnt ich dir denn bös sein!«

Gähnend streckte er die Arme über den Kopf. Dann zog er die Uhr auf, verglich sie mit seiner Taschenuhr und sagte:

»Wollen schlafen gehen, was?«

»Ich komm gleich nach, Gregor.« Sie griff nach einer Illustrierten. »Will nur die Geschichte zu Ende lesen.«

»Ach, die da«, lachte er und sah über ihre Schulter in die Zeitschrift. »Handelt wohl von der Liebe, was?« Er ließ sie los und knöpfte seine Weste auf. »Alles dreht sich immer um die Liebe bei solchen Geschichten. Das ganze Leben besteht bei diesen Schreiberlingen aus Liebe.«

»Was Wahres mag immer dran sein«, antwortete Jutta, ohne aufzublicken.

»Ja, dreißig Prozent vielleicht.«

»Sind es bloß dreißig Prozent Liebe bei dir?«

»Bei mir? Ich könnte dich manchmal auffressen vor lauter Lieb! Was ich da gemeint hab, das trifft doch nicht auf uns zu. Obwohl«, und er lächelte ein wenig, »am Anfang hab ich mitunter das Gefühl gehabt, als hättest du mich nur wegen des schönen Besitzes genommen. Heute weiß ich, daß es nicht so ist.«

Jutta hatte das Gefühl, als hätte ihr jemand einen Kübel eiskalten Wassers über den Nacken gegossen. Zum Glück ging Gregor Schaller jetzt ins Schlafzimmer.

Was war denn das gewesen jetzt? Immer noch fühlte sie das eiskalte Rieseln über die Schultern. Hätte Gregor Schaller sie gefragt, ob sie ihn auch ohne den herrlichen Besitz genommen hätte, was hätte sie dann geantwortet? Siedend heiß stieg es ihr bei dieser Frage auf, denn sie erkannte plötzlich ganz klar, daß sie dann mit Nein geantwortet hätte.

Es war kein Zweifel. Die selbstsichere Paßwirtin war seit heute in einen Zwiespalt geraten. Schuld daran war Anton Steger. Und es kam ihr wieder vor, als hinge etwas Dunkles über ihr und lösche alles aus. Sie las nicht die Geschichte. Nein, wie erstarrt saß sie da, mit eingezogenen Schultern, und schaute in das Feuer des Kamins. Wie lange, wußte sie nicht. Aber es mußte länger als eine Stunde gewesen sein, denn als sie ins Schlafzimmer trat, schlief der Paßwirt bereits recht tief.

Der Frühling kam jetzt mit aller Macht. Auf den Wiesen blühten die Blumen, die Schwalben waren da, und bald hörte man in der Morgenfrühe das helle Sensenläuten.

Jutta hatte ihre Gefühle nun lange genug und genau überprüft und wußte jetzt, daß es sich so weiterleben ließ. Sie vermied es einfach, den Baumeister zu treffen. Das war der einfachste Weg.

War er denn eine Gefahr für sie? Nein, nein, nein, schrie ihr Herz, wenn sich diese Frage an sie herandrängte. Ihre Verbundenheit mit dem Paßwirt war viel zu tief, als daß es eine Gefahr hätte sein können, daß das Schicksal diesen Menschen hierher gelenkt hatte.

Ihm aus dem Wege zu gehen, war bei ihrem Aufgabenbereich leicht möglich. Ihre Welt war die Wirtschaft am Paß, die sich immer mehr zu einem komfortablen Berghotel entwikkelte. Die Welt des Baumeisters waren der Hof und die weiten Wiesen. Freilich hatte auch sie mitunter einsame Stunden, besonders, wenn der Paßwirt länger über Land war. Dann kam es schon vor, daß sie von den Erinnerungen heftiger getrieben wurde. Aber niemand wußte, daß sie dann manchmal auf dem Balkon stand und nach dem Ausschau hielt, der mit kraftvollen Schritten über die Wiesen ging und alles so umsichtig leitete, als ob es sein wäre. Die Frage, ob sie ihn noch liebe, stellte sie sich nicht. Sie hatte nur mehr gut zu sein und treu. Und das war sie und würde sie immer bleiben. Nicht einen Zentimeter würde sie von ihrem Weg abweichen, wenn auch in ihrem Blut manchmal Sehnsucht erwachte nach den Stunden in der Waldhütte. Aber das waren eben jene Stunden, die nie wiederkommen konnten, weil ihre Wiederholung Sünde gewesen wäre und ein Verbrechen an dem Mann, der sie herausgehoben hatte aus ihrem Magdstand und sie zu einer Frau gemacht hatte, von der man weit über Amlangen hinaus mit Achtung sprach.

Freilich hätte sie auch gern gewußt – sie hätte nicht Frau sein müssen, um es nicht wissen zu wollen –, wie er heute darüber dachte. Ließ es sich wirklich nicht vermeiden, daß sie sich begegneten, so war aus seinem Blick nicht zu lesen, was in seinem Innern vorging. Entweder hatte er wirklich alles vergessen, oder er hatte sich eisern in Zucht. Ganz ruhig und ohne Bedrückung konnte er sie ansehen. Einmal aber packte sie unerklärlicherweise eine wilde Lust, ihn zu fragen:

»Wie gefällt es dir in der Lahn?«

»Es gefällt mir recht gut, Frau«, antwortete er.

»Warum nennst du mich Frau? Bin ich für dich nicht einmal Jutta gewesen?«

Und da sah nun Jutta, wie sich sein schmaler Mund zu einem Lächeln verzog, das sie bisher noch nie an ihm gesehen hatte. Es spielte zwischen Trotz und Spott, und der Klang seiner Stimme war voller Ironie, als er fragte:

»Wann war denn das?«

Jutta fühlte, wie ihr eine Röte ins Gesicht stieg. Viel Sicherheit hat er gewonnen, dachte sie. Ob ihn die Enttäuschung mit mir erst zu einem ganzen Mann geformt hat?

»Ach so«, sagte sie nach einer Weile. »Man will sich an nichts mehr erinnern.«

An ihr vorbei guckte er zum Himmel auf, wo zwei Schwalben kreisten.

»Man darf sich an nichts mehr erinnern. Und zwischen wollen und dürfen ist doch ein großer Unterschied, soweit mein bescheidener Verstand ausreicht, es zu beurteilen.«

»Deinen Standpunkt muß ich respektieren. Ja, du hast ganz recht. Man darf nicht. Aber ich will dir einmal was sagen, Anton Steger. Wir alle beide haben es nicht vergessen. Wir machen uns das nur so vor. Man kann zwölf Tage nicht einfach aus seinem Leben streichen. Du wirst dich genauso erinnern an alles wie ich.«

»Was hilft es aber, wenn das Erinnern nur schmerzlich ist?«

»Schmerzlich und süß zugleich«, antwortete sie. Dann ging sie davon.

Ein andermal, die Heuernte war bereits im vollem Gang, kam Anton spät abends noch zum Gasthof herüber. Er hätte den Herrn etwas fragen müssen. Der Paßwirt war aber von einer Fahrt über Land noch nicht zurückgekehrt, und so mußte Anton sich notgedrungen an die Frau wenden.

Sie sah ihn freundlich an und meinte:

»Darüber kann ich dir leider nicht Auskunft geben. Mach es nur so, wie du denkst, dann wird es schon recht sein.«

Sie standen auf der Terrasse, die von kleinen, bunten Lampen erhellt war. Noch nie war sie ihm so schön erschienen wie unter diesem Licht. Ihr Haar und ihre Stirn leuchteten in allen Farben. Sein Atem wurde ganz eng, und er starrte auf ihren Mund.

»Setz dich«, sagte sie. »Du bist noch nie als Gast hiergesessen, wir trinken ein Glas Wein zusammen.«

»Ich weiß nicht«, meinte er, »ob es gut ist, Wein mit dir zu trinken. Es schickt sich vielleicht auch gar nicht. Du, die Frau dieses Reichtums hier, und ich, der kleine Baumeister von drüben.«

»Ob sich etwas schickt, Anton, oder nicht, willst du das nicht mir überlassen? Wen geht es etwas an? Nur meinen Mann, und der würde es gutheißen, wenn ich mit dir hier sitze und ein Glas Wein trinke.«

Sie ging ins Haus und kam nach ein paar Minuten wieder mit dem Wein. Anton sah es sofort. Sie hatte jetzt ein blaues Seidentuch um die Schultern. Die Spitzen davon waren in den Ausschnitt ihres Dirndlkleides gesteckt. Es war sein Tuch, er erkannte es sofort wieder und fand es nicht gerade geschmackvoll, daß sie ihn jetzt damit provozieren wollte.

»Kennst du es noch, Anton? Es ist ein Andenken an dich.«

Er antwortete lange nicht, sah in das Weinglas mit dem goldgelben Inhalt und hob dann langsam die Augen zu ihr auf.

»Ich will dir jetzt was sagen, Frau. Am Anfang hast du haben wollen, daß ich gehe. Und nun wird es so sein, daß ich von selber gehen muß.«

»Warum?« fragte sie erschrocken. »Warum willst du fort?«

»Weil es keinen Sinn hat. Ich gebe mir die beste Mühe, hier meinen Mann zu stellen als Baumeister. Und du narrst mich dauernd mit den Erinnerungen. Der Paßwirt ist ein viel zu anständiger Kerl, als daß man ihn betrügen könnte.«

Da faßte sie über den Tisch herüber nach seiner Hand.

»Wir sind doch viel zu anständig, um gemein sein zu können. Aber ich bitte dich, zu bleiben. Es ist so schwer, jemanden zu finden, auf den man sich verlassen kann. Und der Paßwirt hält so viele Stücke auf dich. Das mußt du doch schon gemerkt haben. Nein, Anton, was du denkst! Ich – meinen Mann betrügen? Ich unterhalte mich gern mit dir: deine Anwesenheit auf der Lahn freut mich. Stoß an mit mir, Anton. Auf unsere Vergangenheit. Auf die zwölf Tage. Sie sind zu schön gewesen, um wiederkommen zu dürfen.«

Anton trank sein Glas mit einem Zuge leer. Es drängte ihn fort aus ihrer Nähe. Nur eines wollte er noch wissen.

»Darf ich dich etwas fragen, Frau?«

»Warum sollst du mich nichts fragen dürfen?«

»Liebst du ihn oder seinen Besitz?«

Jutta sah an ihm vorbei zu den Bergen hinauf, deren Grate vom Mondlicht gebadet waren. Erst nach einer langen Weile antwortete sie:

»Du bist der einzige Mensch, Anton, der eine solche Frage an mich stellen darf, ohne daß ich ihm deshalb böse wäre. Du hast ein Recht, so zu fragen. Und ich will dir jetzt auch ganz ehrlich antworten, will dir sagen, was bisher kein Mensch weiß, was nach dir nie mehr jemand von mir erfahren wird. Zuerst war es der Besitz, der mich lockte. Ich habe herauswollen aus meiner armseligen Welt. Reich wollte ich sein. Aber wenn Gregor Schaller plötzlich alles verlieren würde, ich würde bei ihm bleiben, denn ich achte ihn grenzenlos. Ist dir das genug?«

Er schob sein Weinglas zurück und stand auf.

»Gute Nacht, Frau!«

»Gute Nacht, Baumeister!«

Sein Schritt hallte durch die Nacht. Groß warf das Mondlicht seinen Schatten über die Straße, bis er im größeren Schatten des Hofes verschwand.

Es ist gar nicht mehr die Liebe gewesen, dachte Anton Steger in seinem Zimmer am Fenster stehend. Es war nur mein Blut, die Nacht und der Mondschein, vielleicht auch der Wein, der sie mir so begehrlich machte... Jetzt war es wieder vorbei. Und Anton fühlte eine tiefe Befriedigung, weil er feststellte, daß es für immer vorbei war.

Lange noch stand er am Fenster und sah hinaus. Eigentlich, dachte er bei sich, hat sie ganz recht gehabt. Was wäre sie bei mir schon gewesen? Alle beide wären wir arme Schlucker geblieben, das ganze Leben lang. Durfte er es ihr übelnehmen, wenn sie herauswollte aus ihrer bedrängten Lage? Nein, das mußte er schon begreifen. Sie hatte jetzt etwas von ihrem Leben, und es lag ihm fern, ihr einen Stein in den Weg werfen zu wollen. Ihm selbst ging es auch nicht schlecht. Er war hier selber ein kleiner Herr geworden. Der Paßwirt redete ihm kaum etwas drein, er konnte wirtschaften und planen, wie er wollte. Daß es zur Zufriedenheit des Gregor Schaller geschah, bewies der Geldschein über den Tariflohn hinaus, der jeden Monatsanfang in der Lohntüte steckte.

Jeden Abend sah sich Jutta Schaller, die Paßwirtin, die Fremdenzettel der neuen Gäste an. Sie war an diesem Tag mit ihrem Mann über Land gewesen. Er liebte es in letzter Zeit, sie überallhin mitzunehmen, wo er in seiner Eigenschaft als Kreisrat oder als Vorsitzender des Gastwirteverbandes zu tun hatte. Die roten Anmeldezettel lagen schön geordnet im Schenkraum, und als Jutta sie durchlas, zuckte sie zusammen.

»Professor Günther Halm mit Frau und Tochter«, las sie, drehte den Zettel um und las ihn wieder. Sollte das der Günther Halm sein, den sie gekannt und der sie dann verlassen hatte? Ihr Günther Halm, den sie in zärtlichen Stunden Lumperl genannt hatte, war aber kein Professor gewesen, sondern ein unbekannter Maler, der gehungert hatte. Und doch, warum sollte er es nicht sein? Sie war damals auch nur eine armselige Bauernmagd, und heute war sie die reiche Paßwirtin.

Sie las die Geburtsdaten. Es konnte durchaus stimmen. Und da sie nun schon keinen Zweifel mehr hatte, fühlte sie eine merkwürdige Befriedigung in sich. Sie dachte an die demütigende Stunde, in der sie bei den Leuten in der Wohnung gesessen hatte, enttäuscht wie nie zuvor.

Die Bedienung kam vorbei und holte Bier von der Theke.

»Afra, sind die Herrschaften von Zimmer drei schon zu Bett gegangen?«

»Vor einer Viertelstunde etwa.«

»Sind sie mit dem Drei-Uhr-Bus gekommen?«

»Die Herrschaften sind mit eigenem Wagen gekommen.«

Jutta hatte jetzt nichts mehr zu fragen. Sie lächelte über die kleine Unruhe, die sie in sich verspürte. Es war eine ganz andere Unruhe als damals, wo Anton Steger so unverhofft in der Gaststube gesessen war. Diesmal war es ein Freuen auf den Augenblick, da der Mann sie sehen würde als die reiche Paßwirtin in der Lahn.

Ob er sie noch kennen würde? Seit ihrer letzten Begegnung waren fast zehn Jahre vergangen. Das Kind mußte ja nun auch schon sehr groß sein. Nur ganz dunkel erinnerte sich Jutta an die Frau, die ihr damals so freundlich aufgetischt hatte.

Am anderen Morgen kleidete sie sich sorgfältiger an als

sonst. Dann ging sie hinunter, sah von der Küche aus in den Frühstücksraum und wartete. Die ersten Gäste waren wohl schon da, aber der, den sie erwartete, ließ auf sich warten.

Etwa eine halbe Stunde später erschien er in Begleitung eines Mädchens, das blaß und mager aussah. In Juttas Gesicht verzog sich kein Muskel, als sie den Mann sah. Es war nicht mehr das Gesicht aus ihren Erinnerungen. An den Schläfen war sein Haar schon stark ergraut, sein Mund hatte eine verbissene Linie. Über seine Stirn zog sich quer eine rote Narbe. Das alles war früher nicht. Zu diesem seriösen, gutgekleideten Herrn hätte sie nie Lumperl sagen können. Vermutlich mußte ja auch die Frau gleich erscheinen. Jutta sah, wie Günther Halm die Bestellung für das Frühstück aufgab und dann auf das Kind einsprach, das nicht gerade recht manierlich auf seinem Stuhl saß.

Jutta wartete noch eine gute halbe Stunde, und da die Frau des Professors immer noch nicht erschien, ging sie in den Frühstücksraum, wünschte da und dort guten Morgen, unterhielt sich mit den Neuangekommenen und stand dann plötzlich vor dem Tisch des Professors Günther Halm.

»Guten Morgen.«

Er sah von seiner Zeitung auf, machte eine tadellose Verbeugung und erwiderte:

»Guten Morgen. Winni, wie sagt man?«

»Guten Tag«, sagte das Kind und bohrte mit dem Finger in einer Semmel herum.

Kein Erkennen bei ihm.

»Sie sind gestern erst angekommen?« fragte nun Jutta. »Ich hoffe sehr, daß Sie sich in meinem Hause wohlfühlen.« Sie legte dabei besondere Betonung auf das »meinem«, damit er ja nicht glauben solle, sie sei nur so eine Art Beschließerin hier, zu deren Aufgabenbereich es gehörte, die Frühstücksgäste zu begrüßen.

Immer noch kein Erkennen bei ihm. Er hatte die Hornbrille abgenommen, spielte damit und fragte nach Touren, die man von hier aus machen könne. Die Lahn, sagte er weiter, sei ihm von Bekannten empfohlen worden, und er wolle es nun einmal mit der Höhenluft versuchen.

Er sagte nicht, was er versuchen wolle. Sie sah nur, daß er nervös war. Seine Hände, die mit der Brille spielten, zitterten sichtbar.

»Die Luft«, sagte sie, »die Luft ist hier sehr gut. Mein Mann behauptet immer, jeder Atemzug sei drei Mark wert.« Das sagte sie mit ihrem gewinnenden Lächeln, das alle bezaubern konnte. Den Professor Halm erinnerte es an etwas, das einmal sehr schön gewesen war in seinem Leben. Ganz blitzartig tauchte ein Bild vor ihm auf, erlosch und stand wieder da mit beschwörender Kraft. Er wollte der Frau genau ins Gesicht sehen, aber in diesem Augenblick hatte sie sich bereits abgewandt, reichte am Nachbartisch anderen Herrschaften die Hand und fragte, ob man gut geschlafen habe.

Ihre Stimme war es, die das Bild von vorhin noch mehr vervollständigte. Der Professor schwankte nur noch ein wenig, weil es ihm so gänzlich außer dem Bereich jeder Möglichkeit zu liegen schien, was er da für ein paar Sekunden dachte. Wie sollte jenes Mädchen – wie hatte es noch gleich geheißen? – wie sollte ausgerechnet dieses Mädchen hierherkommen als Frau und Gebieterin dieses Bereiches!

Er sah ihr nach, wie sie durch die weiteren Tischreihen ging. Ganz genau prägte er sich ihren Gang ein, und dann wußte er es auf einmal. Wußte, daß jenes Mädchen Jutta geheißen hatte, und daß sie es sein mußte. So wie sie jetzt die Terrassenstufen hinunterschritt, so war sie damals den Berghang hinuntergeschritten, nachdem sie geschrien hatte: »... dann schlage ich dir den Stecken ins Gesicht...«

Der Professor Günther Halm schloß die Augen. Ein Lächeln zog um seinen Mund, ein wenig traurig und verträumt. Wo waren die Jahre nur hingekommen. Wo war vor allem auch die Ruhe seines Herzens hingekommen, die er damals noch besessen hatte. Wenn er es genau betrachtete, dann war er eigentlich nur einmal, und zwar damals, ein wirklich glücklicher Mensch gewesen, als ihm die Liebe der kleinen Magd im Ried so bedingungslos gehörte. Alles andere, was nachher kam, war nur mehr Erfüllung der Pflicht als Gatte und Vater, war ein einsames Wandern zu seinem Ziel in der Kunst.

»Ach ja, kleine Jutta«, flüsterte er vor sich hin.

»Was meinst du, Vati?« fragte Winnie.

Erschrocken fuhr er aus seinen Träumen auf.

»Nichts, mein Kind. Geh – und sieh nach, ob Mutti immer noch nicht ausgeschlafen hat.«

Die Kleine sprang davon, und Günther Halm deckte wieder die Hand vor die Augen, ließ seine Gedanken zurückwandern ins Ried und erlebte Stationen einer Liebe, der er nicht hätte davonlaufen dürfen. Nach zwei Jahren bereits hatte er erkannt, daß er es falsch gemacht hatte. Anneliese war nämlich nicht die Frau geworden, die er gebraucht hätte in seinem Ringen um die Kunst. Die Magd Jutta hatte ihn mit ihrem stummen, ergebenen Dasitzen inspirieren können. Niemals hatte sie gefragt, was er denn für so ein Bild bekäme. Einmal hatte sie zu ihm gesagt: »Das schöne Zeichnen hat dir der liebe Gott geschenkt. Vergiß das nur nie und werde nicht hochmütig. Oder«, hatte sie hinzugefügt, »vielleicht malt der liebe Gott selber in dir.«

»Sieh bitte nicht mehr in mir, als ich bin«, hatte er damals geantwortet, und es fiel ihm jetzt wieder ein, wie er zutiefst erschüttert war von der Primitivität ihres Denkens, das trotzdem der Wahrheit so nahe kam.

Wie anders dagegen war Anneliese. Ihre Einstellung war

ganz und gar bürgerlich, vielleicht könnte man sagen, praktisch in ihrem Denken, wenn sie nicht ausgerechnet einen Künstler geheiratet hätte. Es durfte nicht so sein, daß der erste Kohlestrich, den Professor Halm führte, bei seiner Ehehälfte schon die Frage auslöste: Was bringt das Bild ein? Was denkst du, daß wir (schon dieses »wir« konnte einen zum Rasen bringen) dafür bekommen? Oder wenn sie großen Wert darauf legte, als Frau Professor betitelt zu werden. Unwillkürlich mußte er lächeln, weil er sich vorstellte, wie entrüstet Jutta so etwas von sich weisen würde.

Wie kam er denn überhaupt zu diesen Vergleichen? Wer hatte ihm denn gesagt, daß diese Frau jenes Bauernmädchen wäre, mit der er so oft am Waldrand gesessen. Es war nur eine sehr starke Ähnlichkeit, die ihn narrte. Wie sollte jenes Mädchen in diese Stellung kommen?

Er blickte auf die Uhr. Es ging bereits auf halb elf, und voll Unwillen runzelte er die Brauen. Daheim hatte er sich bereits damit abgefunden, daß sie bis zum Mittag schlief. Aber daß sie auch hier diese ihm so peinliche Gewohnheit nicht ablegte, empfand er schmerzlich. Aber gerade, als er gehen wollte, um nachzusehen, kam sie mit Winni in den Raum.

Auch Frau Anneliese hatte sich sehr verändert. Nichts mehr von der schlanken Frau von ehemals. Sie hatte Fett angesetzt und gebrauchte eine Menge kosmetischer Mittel.

»Ach, du hast schon gefrühstückt?« zwitscherte sie. »Übrigens habe ich ausgezeichnet geschlafen. Diese Luft hier ist tatsächlich mild und bekömmlich. Ich glaube, Günther, daß du hier recht gut arbeiten kannst.«

Er unterdrückte aufsteigenden Zorn.

»Ich bin hierhergefahren, um mich zu erholen und nicht um zu malen, Annelies.«

»Ja, aber wenn du dich vierzehn Tage erholt hast, könntest du vielleicht doch einen Pinsel in die Hand nehmen. Ich denke nämlich daran, daß wir bei deinem Namen schon mit einem leicht hingeworfenen Aquarell unseren Aufenthalt hier schon herinnen hätten.«

Halm gab keine Antwort mehr, obwohl ihn gerade dieses »leichthingeworfene Aquarell« maßlos ärgerte. Er arbeitete mit einem künstlerischen Verantwortungsbewußtsein, es gab nichts Leichtes bei ihm. Und daß Frau Anneliese ihm sogar diesen Urlaub mit ihren pekuniären Experimenten vergällen wollte, dagegen wehrte er sich innerlich.

Als sie hernach zu dritt einen Spaziergang antraten, begegnete ihnen die Paßwirtin, die von den Wirtschaftsgebäuden herüberkam. Halm sah ihr angestrengt ins Gesicht. Sie wich seinem Blick nicht aus und lächelte dann ein wenig. An diesem Lächeln aber erkannte er sie endgültig.

»Ich weiß nicht«, sagte er hernach zu seiner Frau. »Die Paßwirtin kommt mir irgendwie bekannt vor. Dir nicht?«

Frau Anneliese schüttelte den Kopf.

»Hab sie nie gesehen. Aber sie hat ein gutes Gesicht. Vielleicht läßt sie sich malen. Die Leute scheinen Geld zu haben, und du kannst ruhig ein anständiges Honorar verlangen dann.«

Da blieb Halm stehen und schrie zornrot:

»Wenn du mir jetzt noch einmal von Geschäften sprichst, reise ich morgen ab und lasse euch zwei allein hier! Ich will ganz einfach einmal eine Zeitlang keine Farbe riechen.«

»Na ja«, sagte daraufhin Frau Annelies. »Nun hast du es glücklich fertiggebracht, mir den ganzen Tag zu verderben.« Sie drehte es wieder einmal um, wie gewöhnlich.

Am späten Abend trafen sie sich. Es war kein reiner Zufall, nein, gewiß nicht. Beim Abendessen, als Jutta die Gäste begrüßte, senkte sich ihr Blick so tief in den seinen, als wollte sie ihn mit den Augen fragen: Kennst du mich wirklich nicht?

Da Frau Annelise immer noch verstimmt war, zog sie sich gleich nach dem Essen mit der Kleinen zurück. Halm ging allein die Wiesen hinauf, traf hinter den Wirtschaftsgebäuden den Baumeister, unterhielt sich lange mit ihm und kehrte dann in einem großen Bogen zum Hotel zurück. Die Terrasse war matt erleuchtet durch bunte Glühbirnen, die sich leise im Wind bewegten. Günther Halm bestellte sich einen Schoppen Plattenseer, und da er nicht im Vordergrund der Terrasse saß, sondern im hintersten Winkel, der durch wucherndes Weinlaub gegen aufkommenden Wind geschützt war, konnte er von da aus auch das Leben und Treiben dieses Berghotels beobachten. Es war ein Kommen und Gehen. Die einen kamen von einer anstrengenden Tour zurück und wollten nun ihr Abendessen. Andere hatten sich schon umgezogen und tanzten im Nebenraum. Einmal erschien die breite, klobige Gestalt des Paßwirts auf der Terrasse, er grüßte die Gäste und kam auch in den Weinlaubwinkel.

Die unaufdringliche Art dieses Mannes gefiel ihm. Es gefiel ihm als Maler ganz besonders der schöne Charakterkopf mit dem kurzgestutzten Bart. Nur eines konnte er sich nicht ganz vorstellen, nämlich, daß dieser Mann der Lebensgefährte der Jutta Freiberger sein sollte.

Der Paßwirt hielt sich nicht lange auf. Es war bereits die Zeit, zu der er sich in seine Privatgemächer zurückzuziehen pflegte, und Halm wollte es schon aufgeben, an diesem Abend Jutta noch zu treffen. In diesem Augenblick trat sie unter die Tür. Sie sah ihn sofort, und es war anzunehmen, daß sie ihn schon längst beobachtet hatte. Ganz langsam ging sie an den anderen Tischen vorbei, grüßte dahin und dorthin und stand dann vor Günther Halm.

»Guten Abend, Professor. Warum denn so allein?«

»Ich sitze gerne so allein. Aber wenn Sie mir ein wenig Gesellschaft leisten wollen?«

»Warum nicht?« Jutta drehte das Gesicht über die Schulter. »Afra, für mich ein Glas Wein.«

»Ich darf Sie doch dazu einladen?« fragte er, indem er einen Stuhl für sie zurechtrückte.

»Nicht nötig, Professor, ich trinke nur unsere Hausmarke. Wie gefällt es Ihnen bei uns?«

»Danke, landschaftlich ausgezeichnet.«

»Und sonst? Verpflegungsmäßig?«

»Ich hätte wirklich nichts zu beanstanden. Bin auch ein bescheidener Mensch.« Er sah sie lange an, lächelte vor sich hin und hob dann wieder die Augen. »Verzeihen Sie, darf ich mir eine Frage erlauben?«

»Bitte, warum nicht?«

»Wie lange sind Sie schon hier in der Lahn?«

Sie nannte ihm die Zeit, sagte aber nicht, als was sie ursprünglich hergekommen war, und fügte die Frage an:

»Warum fragen Sie danach? Waren Sie füher schon einmal hier?«

»Nein, aber ich kannte früher jemanden – es ist zwar schon lange her –, und als ich Sie heute morgen sah, da dachte ich, Sie wären ein Mädchen aus dem Ried, das ich einmal malte.«

Schweigen.

Jutta zeichnete Figuren mit dem Zeigefinger auf das Tischtuch. In ihrem Herzen wogte und brauste es. Nichts mehr von Liebe war da, nein, kein Gramm mehr von Liebe, nur eine grenzenlose Genugtuung, nicht mehr das Mädchen vom Ried zu sein, sondern hier zu sitzen als die Paßwirtin, in deren Macht es läge, jetzt zu sagen: Es wäre mir lieber, Herr Professor, wenn Sie morgen abreisen würden. Ihr Anblick stört mich nämlich.

Nein, das würde sie niemals sagen, denn sein Anblick störte sie nicht. Ganz im Gegenteil, sie war ihm nicht böse, sie trug ihm nichts nach.

Sie sah ihn lange an und lächelte.

»Und wenn ich nun wirklich jenes Mädchen aus dem Ried wäre, Günther Halm?«

Er erschrak so sehr, daß seine Hand mit dem Weinglas zitterte. Tiefe Freude lag auf seinem Gesicht.

»Also doch«, sagte er nach einer Weile. »Ich habe mich also nicht getäuscht. Wie ist denn so was möglich?«

»Was möglich?«

»Sie sind doch hier – wie sich das anhört, wenn ich jetzt zu dir Sie sagen muß.«

»Du muß nicht, aber du sollst es, weil es besser ist für dich und für mich. Wenn ich es jetzt gebraucht habe, dann nur deswegen, damit du wissen sollst, daß ich dir nichts nachtrage und nicht böse auf dich bin.«

»Dafür danke ich dir – Ihnen – nein, Jutta, es geht einfach nicht. Es klingt mir wie ein Hohn, wenn ich dich jetzt als gnädige Frau ansprechen soll.«

»Davon kann keine Rede sein«, lachte sie nun kindlich befreit. »Dann meinetwegen sag du zu mir wie ich zu dir, wenn wir allein sind. Allzuoft dürfte das nicht sein.«

»Danke, danke, Jutta. Ach, ich bin dir so unendlich zu Dank verpflichtet. Mit deinem Bild habe ich damals meinen Weg gemacht. Darf ich ich noch etwas fragen, Jutta?«

»Warum sollen wir einander nichts mehr fragen dürfen?«

»Ich habe deinen Mann gesehen. Bist du glücklich, Jutta?«

»Ja, Günther, sehr glücklich. Ich wünsche es mir nicht anders. Und du? Wie ist es bei dir?«

Er senkte den Kopf und sah auf seine Hände nieder.

»Sprechen wir nicht davon, Jutta.«

Das war zweifellos eine Verneinung ihrer Frage. Einen kurzen Augenblick empfand sie eine wilde Freude darüber. Es war wie ein Triumph, den sie so spät nun noch auskosten durfte. Aber dieses Auskosten dauerte auch nur ein paar Sekunden, dann sagte sie:

»Das tut mir leid, Günther. Du hättest es verdient, glücklich zu sein.«

Erschüttert langte er über den Tisch nach ihrer Hand und strich darüber hin.

»Und das sagst ausgerechnet du, die mir eigentlich fluchen müßte.«

»Nein, Günther! Um dir fluchen zu können, hatte ich dich einmal viel zu lieb. Und warum soll ich mich in Vergangenem verbittern? Nimm bitte deine Hand weg, man sieht her. – Ich habe mir meinen eigenen Weg gesucht und habe mein Ziel gefunden. Eigentlich warst du der Anstoß dazu, und darum müßte ich dir danken. Im Grunde genommen sehe ich es heute so, daß eine höhere Macht jedem Menschen seinen Weg vorzeichnet. Und Glück? Man spricht soviel davon. Ich glaube, das richtige Glück wohnt nur in einem selbst, in der Zufriedenheit, mit der man sein Leben trägt und ...« hernach wußte sie selber nicht mehr, wie ihr dieses letzte Wort über die Lippen gesprungen war, »und weitergibt.«

Sofort begriff er, daß da irgend etwas Schweres aus dem Winkel ihrer Seele herausgesprungen war. Und leise fragte er:

»Wie lange bist du verheiratet, Jutta?«

»Es geht ins zweite Jahr.«

»Dann brauchst du die Hoffnung noch nicht aufzugeben.«

»Meinst du? Man weiß oft nicht. Ach, sprechen wir nicht mehr davon. Entschuldige, ich muß jetzt zu den anderen Gästen. Sie haben auch Anspruch auf mich.«

»Ich bin aber doch auch dein Gast jetzt.«

Da sah sie ihn an und lächelte so herzerfrischend offen, daß er sich allen Zwang antun mußte, sie nicht an der Hand zu fassen, um sie wieder auf den Stuhl niederzuzwingen.

»Ja«, sagte sie, »und zwar mein liebster Gast.« Sie gab ihm

die Hand. »Schlafen Sie gut, Professor.« Und sich noch mal über den Tisch neigend, flüsterte sie ganz leise: »Lumperl ...«

Wie sein Herz aufjubelte! Diese Frau, dachte er. Wie sie sich entwickelt hat. Wer hätte das gedacht. War nicht er es gewesen, der Erziehungsarbeit an ihr geleistet hat? Offen hatte sie einst ihr Haar getragen, barfuß und ausgelaugt von der Hitze des Tages. Ob sie wohl auch manchmal daran dachte?

Natürlich dachte sie daran. Das war ja zwischen ihren Worten herauszuhören. Hatte sie nicht deutlich gesagt: »Dafür müßte ich dir danken.«

Er hatte sie in ihrem Jammer zurückgelassen, und heute sagte sie ihm, daß sie ihm danken müsse.

Professor Halm trank seinen Wein aus und ging ins Zimmer hinauf, ohne sich noch mal nach Jutta umzusehen.

Seit Professor Günther Halm in Juttas Nähe weilte, empfand er sein ganzes Leben anders. Es hatte einen anderen Sinn bekommen, wenn er auch den Beigeschmack der Reue nicht ganz fortwischen konnte: der Reue darüber, daß er Jutta nicht zu seiner Frau gemacht hatte. Was wäre das für ein Leben mit ihr! Diese Zweisamkeit müßte wunderbar sein, nichts würde ihn drängen; im Himmel seiner Kunst dürfte er allein hausen und dann zu ihr zurückkehren, wenn er müde war vom schöpferischen Tag. Die Bauernmagd, so sagte er sich oft vor, wäre die richtige Künstlerfrau geworden.

Oft war er in dieser Zeit mit Jutta zusammen. Einmal sprach er mit dem Paßwirt darüber, daß eigentlich in der großen Gaststube ein Bild der schönen Paßwirtin hängen müsse.

Der Paßwirt war auch der Meinung. Aber wenn schon von der Wirtin, dann auch vom Wirt eines. In hundert Jahren sollten die Nachkommen einmal sagen können: Das waren diejenigen, die das Paßwirtshaus in die Höhe gebracht haben. Ob er sich überhaupt darauf verstünde?

Nun hätte ja der Professor sagen können, daß er die jetzige

Paßwirtin bereits einmal als junge Magd gemalt und damit seinen ersten Erfolg gehabt habe. Weil aber der Paßwirt davon nichts wußte, verschwieg er es. Auch Frau Anneliese erkannte die frühere Magd nicht mehr, und so war keine Ursache, es ihr zu erzählen. Sie war nur fröhlichster Laune, als sie hörte, daß ihr Mann die beiden malen sollte, und sagte sofort:

»Dafür verlangst du aber ein gehöriges Honorar. Diese Leute schwimmen in Geld, und außerdem brauche ich für diesen Winter einen neuen Pelzmantel.«

Günther Halm nickte, beschloß aber, Jutta aus Dankbarkeit umsonst zu malen und dem Paßwirt nur soviel Honorar aufzuschreiben, daß er darüber nicht erschrak.

Als der Paßwirt das fertige Gemälde sah, stand er eine ganze Weile ergriffen davor, streichelte seinen Bart und sagte:

»Sie können was, Mann! Allen Respekt! Hab nie recht viel gehalten von Kunst und so, aber das da, das kann sich sehen lassen. Wird wohl schon seine fünf- bis sechshundert kosten, was?«

Halm verschwieg, daß er sonst für so etwas zwei- bis dreihundert erhielt, sagte nur:

»Ich verlange für das Bild gar nichts. Habe nur die eine Bedingung, daß es mir für die Dauer der großen Kunstausstellung zur Verfügung gestellt wird.«

Der Paßwirt wiegte den Kopf hin und her.

»An sich bin ich grad nicht entzückt. Alle können sie angaffen, und sie muß es sich gefallen lassen. Aber weil Sie es sind, in Gottes Namen. Was sagt meine Frau dazu? Haben Sie schon mit ihr darüber gesprochen?«

»Ihre Frau ist einverstanden. Es ist sogar ihr Wunsch.«

»Na ja, dann meinetwegen. Wenn sie es so will. Dieser Frau kann man nichts abschlagen. Professor, solche Frauen sollte es mehr geben. Ich habe das große Los gezogen mit ihr. Kommen Sie, wir trinken jetzt einen Schnaps zusammen. Mich wollen Sie wohl nicht für die Ausstellung haben?«

»Ich würde darum sogar sehr bitten.«

Da lachte der Paßwirt, daß es ihn geradezu schüttelte.

»Also gut, meinetwegen. Sie sollen Ihren Willen haben. Aber ich bitte mir aus, daß die beiden Bilder nebeneinander hängen. Und druntergeschrieben muß werden: Paßwirtin und Paßwirt, damit keiner auf den Gedanken käme, die Jutta wäre noch frei.«

Sie waren inzwischen zur Terrasse gekommen.

»Afra, zwei Enzian!« rief Schaller in den Schankraum und erzählte dann zwischen dem zweiten und dritten Glas Enzian dem Professor, daß er nun endlich seinen alten Opel weggeben und sich einen Volkswagen kaufen wollte. Das aber solle eine Überraschung sein für seine Frau.

»Sie könnten sich einen Mercedes leisten«, meinte Halm. »Wer angibt, hat mehr vom Leben.«

»Angeben war nie meine Sache«, antwortete der Paßwirt. »Wissen Sie, Professor, der Mensch ist nie das, was er scheint, sondern das, was er wirklich ist. Aber allmählich lernt man die Leute kennen, zumal in unserem Gewerbe. Meine erste Frau, Gott hab sie selig, sagte immer: es braucht niemand zu wissen, wie reich man ist. Seinen Reichtum soll man hinter Bescheidenheit verstecken, damit die Armen sich nicht gedemütigt fühlen.

»Sie haben Ihre Frau schon bald verloren?« fragte Halm.

»Es werden bald vier Jahre. Ich wollte eigentlich nicht mehr heiraten, aber dann kam es über mich. Versteh'n Sie, Professor, wie das möglich war? Es kam einfach über mich. Und ich habe es noch keine Stunde bereut. Meine Paßwirtin ist ein wunderbarer Mensch.«

Das weiß niemand besser als ich, dachte Halm mit leiser Wehmut. Wenn ich nicht so jämmerlich versagt hätte, dann wäre sie allerdings nicht die Paßwirtin, sondern jetzt mit mir zur Sommerfrische hier. Einen Augenblick juckte es ihn sogar, dem Paßwirt zu sagen, daß er die Jutta schon viel früher gekannt habe. Aber wozu? Änderte es etwas?

Nein, es änderte gar nichts. Er hatte es aufgegeben, ein anderer hatte es mit Freude an sein Herz genommen. Er mußte ihr dieses Glück gönnen und durfte keinen Unfrieden in ihr Leben bringen.

Aber es war gar nicht so leicht, sie täglich zu sehen und mit ihr zu sprechen. Manchmal flogen wie Funken die Bilder der Erinnerung beide an. In ihren Reden ließ Jutta zuweilen durchblicken, wie noch jede Einzelheit von damals in ihr haften geblieben war. Dabei erlebte nun der Professor Günther Halm, daß noch immer ein Rest von Liebe in ihm war. Oder war es nur eine Schwärmerei, ein Rückerinnern an die vergangene Zeit in leiser Wehmut, wie es sein könnte, wenn er den Willen in sich getragen hätte, das Mädchen Jutta nicht zu verlieren?

Etwa eine Woche später reiste das Ehepaar Halm ab, weil die Tochter Winnie zu kränkeln begonnen hatte. Jutta stand auf der Terrasse und winkte dem Wagen nach, bis er um eine Wegkehre verschwand. Sie wußte, daß sie den Mann nie wiedersehen würde.

Der Sommer stand auf voller Höhe. Im Paßwirtshaus wurden die Zimmer zu wenig, und da kam Jutta auf den Gedanken, im Gutsgebäude eine Anzahl Zimmer auszubauen und einzurichten. Es tat ihr jedesmal weh, wenn sie Gäste abweisen mußte, weil einfach kein Platz mehr vorhanden war.

Der Paßwirt sagte nicht gerade nein. War es doch immer so, daß sich alles günstig entwickelt hatte, wenn er auf Juttas Ratschlag gehört hatte. Der Lift hatte sich hundertfach gelohnt, die Metzgerei machte sich täglich bezahlt, und es würden sich auch die neuen Fremdenzimmer bezahlt machen Bloß fragte sich Gregor Schaller: Für wen das alles? Zuweilen dachte er, daß man überhaupt alles liegen und stehen lassen solle und dem Leben noch etwas abgewinnen müsse.

»Sollen wir dann schuften bis ins Grab hinein?« fragte e einmal.

Da schlang sie die Arme um seinen Hals.

»Das Grab ist noch weit, lieber Gregor. Daran wollen wi nicht denken. Und zur Ruhe setzen, meinst du? Ich, bei mei ner Jugend? Gregor, ich muß einfach immer etwas Neue planen.«

Ja, sie war voller Aufschwung, beinahe voller Unrast Schließlich stimmte er auch ihrem neuen Plan zu. Auf all Fälle versprach der Paßwirt ihr, daß er einen Architekten be stellen wolle.

Es hatte ihn gefreut, daß sie das mit dem Grab gleich so wei von sich gewiesen hatte. Sie dachte noch an ein recht lange Zusammenleben mit ihm. Also mußte sie glücklich sein Trotzdem hatte er unlängst einmal beim Notar ein Testamen hinterlegen lassen. Man konnte ja nie wissen. Und obwohl e eigentlich nie etwas mit dem Herzen gehabt hatte, sein eigene Vater fiel mitten unterm Skatspiel unter den Tisch und wa tot.

An einem Morgen läutete das Telefon, und der Mechanike Oberstein teilte dem Paßwirt mit, daß soeben sein neue Volkswagen eingetroffen wäre. Ob er ihn hinaufbringen soll in die Lahn, oder ob der Paßwirt ihn abhole.

»Ich hole ihn selber«, antwortete Gregor Schaller.

Er rieb sich vergnügt die Hände. Eigentlich tat es ihm leid daß er den alten, treuen Opel, der ihn unzählige Male übe den Berg gefahren hatte, nun weggeben sollte. Andererseit freute er sich auf den neuen Wagen.

»Ich muß nach Amlangen«, sagte er beim Frühstück so ne

benbei und wischte sich den Mund ab. »Die Drucksachen sind fertig beim Öserling. Außerdem muß ich auch zum Schneider. Anzug probieren. Hast du noch was zu besorgen?«

»Gewürz könntest du bestellen beim Weikert«, anwortete Jutta. »Oder nimm es diesmal beim Hartl, der gibt es um zwei Pfennige billiger im Kilo. Und wenn du dran denkst, Gregor: sechs Strang Wolle von dieser hellgrauen. Du brauchst Strümpfe.«

Er zog sein Notizbüchlein und notierte es sich. Er schmunzelte dabei in seinen Bart hinein, weil er sich vorstellte, wie überrascht Jutta sein würde, wenn er mit dem neuen Wagen aufkreuzte.

Als er das Notizbüchlein wieder eingesteckt hatte, zog er Juttas Kopf heran und küßte sie auf die Stirn, wie er es immer tat, wenn er wegfuhr.

»Mach's gut, Jutta. Zu Mittag bin ich wieder da.«

Er griff noch in die Joppentasche, ob er die Brieftasche auch dabei habe, dann holte er zum letztenmal seinen alten Opel aus der Garage, den Lambertus noch sauber hatte waschen müssen. Liebevoll betrachtete er ihn. Dann stieg er ein.

Sonst fuhr er immer gleich in scharfem Tempo auf die Straße hinaus. Heute fuhr er merkwürdigerweise nur bis zu Terrasse und stieg nochmals aus. Jutta war nicht mehr da, aber er fand sie im Büro. Sie blickte auf bei seinem Eintreten.

»Hast du etwas vergessen, Gregor?«

Er sah sich ein wenig hilfos um, dann trat er rasch auf sie zu und riß sie leidenschaftlich an sich. Er sagte kein Wort. Küßte sie nur, auf Augen und Mund, wohin er gerade traf. Genauso unvermittelt ließ er sie los und ging hinaus.

Lächelnd sah Jutta ihm nach. Immer jünger und stürmischer wird dieser Mann, mußte sie denken. Seine Liebe wächst mit den Monaten, sinnierte sie weiter und fühlte dann plötzlich wieder Traurigkeit, weil sie immer noch kein Kind von diesem Manne haben durfte. Hatte der Himmel sie denn mit Strafe belegt, daß er sie dieser Gnade nicht teilhaftig werden ließ? Was hatte sie denn Unrechtes getan? Daß sie einmal einen Menschen enttäuscht hatte, war denn das eine so große Sünde? Sie selbst war doch so oft enttäuscht worden...

In diesem Augenblick sah sie vom Fenster aus, daß Gregor Schaller sich bei der letzten Kehre noch mal umwandte und ihr lebhaft zuwinkte. Sie winkte zurück und – lächelte wieder.

Was hat er denn nur heute, dachte sie. Dann sah sie das Fahrzeug verschwinden.

Gregor Schaller aber ließ dem Wagen nun freien Lauf. Er war ein guter Fahrer, kannte die Strecke genau, und der Wagen gehorchte ihm.

Oder gehorchte er ihm doch nicht ganz so? Der Paßwirt preßte auf einmal die Lippen fest aufeinander, seine Hände griffen eisern in das Steuerrad. Verdammt noch mal, dachte er, was ist das? Da war die Kurve und linkerhand der steile Abgrund. Starr riß er die Augen auf, als es ihn unerbittlich hinaustrug. Das hölzerne Geländer zerbarst, als ob es ein Zündholz wäre.

Dann Stille, bis man weit unten den polternden Aufschlag hörte.

Als Gregor Schaller um die Mittagsstunde immer noch nicht zurück war, rief Jutta in der Buchdruckerei Öserling an.

Nein, der Paßwirt sei heute noch nicht hiergewesen. Sie rief beim Schneider an. Derselbe Bescheid. Nun war sie keine Natur, die sofort in ängstliche Bestürzung geriet, aber eine gewisse Unruhe bemächtigte sich ihrer doch. Sie kannte die Gewohnheiten ihres Mannes genau. Verspätete er sich wirklich einmal, dann telefonierte er.

Im Gastraum und auf der Terrasse saßen die Kurgäste beim

Mittagessen. Liebenswürdig wie immer, wünschte Jutta »Gute Mahlzeit«, ging dann rasch, wie unter einer plötzlichen Eingebung, wieder ans Telefon und rief die Gendarmerie an. Auch dort wußte man keinen Bescheid. Sämtliche Gasthöfe n Amlangen rief sie vergebens an. Und jetzt erst bekam sie es mit der Angst zu tun. Gregor Schaller war in Amlangen heute nicht angekommen, also mußte unterwegs etwas pasiert sein.

Eine Stunde später wußte man es. Jutta kniete, umgeben von einer Menge von Leuten, vor der Leiche des Paßwirts, den man unter dem völlig zertrümmerten Opel hervorgezogen hatte. Eigentlich sah er gar nicht aus, als ob er tot wäre.

Ein Arzt, der unter den Kurgästen war, stellte fest, daß er sofort tot gewesen sein mußte. Die Polizei aber untersuchte den Wagen und kam zu der Erkenntnis, daß die Steuerung ich verklemmt hatte, und daß die Bremsen nicht in Ordnung waren.

»Und ausgerechnet heute hätte er seinen neuen Wagen abgeholt«, sagte Wachtmeister Erler.

Jutta blickte auf. Ihre Augen waren trocken vor Schmerz.

»Heute?« fragte sie. »Davon habe ich nichts gewußt.« Und ie beugte sich wieder nieder, lehnte ihre Stirn an die seine und weinte nun bitterlich. »Armer, lieber, guter Mann«, chluchzte sie laut, daß es allen Umstehenden tief ans Herz griff.

Sie begriff nun auf einmal alles. Er mußte es geahnt haben. Darum war er noch einmal zu ihr ins Büro gekommen. Darum noch mal seine wilden Liebkosungen. Darum noch mal das Winken, bevor er hinter der Kurve verschwand. Gleich darauf war es geschehen.

Jemand faßte sie unter die Arme und nahm sie hoch. Als hätte sie Blei in den Knien, so schleppte sie sich den Steilhang hinauf. Immer wieder blieb sie stehen und blickte zurück. Ein

Habicht kreiste über der Unfallstelle, und die Brombeerbü
sche wiegten sich sachte im Wind.

Als sie zum Gasthaus kam, schickte sie sofort eines der Kü
chenmädchen zum Gutshof, daß man in der kleinen Kapell
das Glöcklein läute. Über eine Stunde wimmerten und wein
ten die hellen Töne in der sonnendurchflossenen Luft. Es wa
als stünde der ganze Hof still. Sogar die Tauben saßen träg
und mit hängenden Köpfen auf ihrem Schlag.

Der Kurgäste wegen konnte man den Paßwirt nicht ir
Haus aufbahren. Darum geschah dies im Lahnerhof in de
guten Stube. Allen erschien es unfaßbar. In der Frühe war de
Paßwirt doch noch durch die Ställe gegangen mit seinen
wuchtigen Schritt. Nein, es war nicht vorstellbar, daß es kei
nen Paßwirt in der Lahn mehr geben sollte, diesen strengen
aber gerechten Herrn, zu dem man stets mit seinen Anliege
hatte kommen können. Der nur dann nein gesagt hatte, wen
das Verlangen unbillig war. Tot war er nun. Die Trauer un
ihn war ehrlich, von der kleinsten Magd bis zum Baumeister
Die Arbeit ruhte. Der ganze Hof schien mitgestorben zu sein

Da lag nun Gregor Schaller regungslos in der goldene
Nachmittagssonne. Gerade war der Sarg aus Amlangen ange
kommen. Die Totenfrau war dabei, wusch und kleidete de
Paßwirt an. Mit einem Kamm brachte sie den zerzauste
Kinnbart in Ordnung, kämmte ihm das Haar aus der Stirn
wusch ihm das eingetrocknete Blut aus den Mundwinkeln.

Hernach lag er da, als schliefe er wirklich gut. Wenn e
abends manchmal in seinem Lehnstuhl eingeschlafen war
hatte er genauso ausgesehen. Die Hände waren über der Brus
gefaltet und hielten ein Sterbkreuzlein in den Fingern. Ma
meinte, man könnte vor ihn hintreten und ihn ansprechen
Blumen häuften sich an seinem Sarg. Die ersten Kränze wur
den aus dem Tal heraufgeschickt. Die Kunde vom Tode de
Paßwirts hatte sich in Windeseile verbreitet.

Als es Abend wurde, versammelte sich das Gesinde vor dem Sarg, um nach alter Sitte für den Verstorbenen zu beten. Er wurde nur noch auf die Frau gewartet. Plötzlich verstummte das Gemurmel. Jutta Schaller, die Paßwirtin, betrat den Flur. Marmorblaß leuchtete ihr Gesicht aus dem schwarzen Spenzer. Nur die großen dunklen Augen schienen in diesem Antlitz noch zu leben. Sie sah niemanden an, ging an den Leuten vorbei und kniete am Fußende des Sarges nieder. Die vier Kerzen in den hohen Silberleuchtern warfen gespenstische Schatten über ihren Nacken. Hinter ihr knieten die Leute, auch Nachbarn von den Einöden waren gekommen. Das Gemurmel der Gebete erfüllte den Raum.

Als der Rosenkranz gebetet war, erhob sich Jutta. Sie hätte jetzt etwas sagen müssen. Aber die Kehle war ihr zugeschnürt. Kurz streifte ihr Blick den Baumeister, der an der Tür stand. Er empfand ihren Blick wie eine Aufforderung, daß er an ihrer Stelle sprechen solle, und räusperte sich.

»Die Frau läßt fürs Totenbeten herzlich danken und bittet, unserem lieben Verstorbenen auch morgen die gleiche Ehre geben zu wollen.«

Dann öffnete sich schweigend eine Gasse, und Jutta ging hinaus. Unter der Haustür wandte sie sich nochmals um.

»Baumeister!«

Anton Steger ging an ihrer Seite über den Hof.

»Morgen muß das Grummet herein«, sagte Jutta. »Das Leben kann nicht stillstehen.«

»Es war nur heute, daß die Arbeit geruht hat, Frau. Niemand hat das Unfaßbare glauben wollen.«

Jutta blieb stehen und sah ihn an.

»Denkst du vielleicht ich? Um mich ist alles dunkel geworden. Nur ein einziger, kleiner Trost ist noch da. Weißt du, welcher?«

»Nein, Frau.«

»Daß wir beide vor seinem Sarge stehen können und die Augen nicht niederzuschlagen brauchen.«

»Darüber ist niemand froher als ich, Frau. Und – ich weiß nicht, ob ich es besonders sagen muß: Du kannst dich in allem auf mich verlassen.«

»Ja, das weiß ich, Anton. Hab Dank dafür. Gute Nacht!«

Im Gastraum spielte der Plattenspieler eine aufreizende Melodie. Sie schnitt Jutta tief ins Herz, und ihr Schritt wurde eiliger. Im Schenkraum angekommen, stellte sie sofort den Apparat ab.

»Trottel«, fuhr sie Lambertus an. »Drüben liegt der Paßwirt auf dem Schragen, und du machst Musik.«

Das war so laut gesagt, daß es auch die Gäste im Nebenraum hören konnten. Niemandem fiel es noch ein, etwa tanzen zu wollen, und so wurde es an diesem Abend im Paßwirtshaus bald still.

Mitten in der Nacht aber hielt eine Taxe, die Benedikta brachte. Aufschluchzend fiel sie Jutta um den Hals.

»Ist es wirklich wahr?«

»Ach Kind«, tröstete Jutta und strich Benedikta über die nassen Wangen. »Es ist leider wahr. Es ist einfach nicht zu glauben. Komm herein, ich werde dir alles erzählen.«

Selten hatte der kleine Friedhof zu Amlangen so viele Leute gesehen wie beim Begräbnis des Paßwirts. Von weither waren sie gekommen. Dumpf und schwer läuteten die Glocken, als man den Sarg durch den Friedhof trug. Berge von Kränzen häuften sich zu beiden Seiten der Grube. Der schönste Kranz aber war der von den Leuten des Lahnerhofes: aus lauter Latschenzweigen, mit Edelweiß und Almrosen geschmückt. Er lag auf der obersten Reihe, und auf der weißen Kranzschleife stand: »Unserem Herrn in tiefer Trauer, die Knechte und Mägde in der Lahn.«

Als Jutta diese Worte las, brach sie in hemmungsloses Weinen aus. War sie doch auch einmal eine von den Mägden des ahnerhofes.

Jetzt aber, als der Sarg in die Erde hinuntergelassen wurde, begriff sie erst, was der Mann ihr bedeutet hatte. Der Pfarrer hätte gar nicht anzuspielen brauchen auf die harmonische Ehe, die sie beide geführt hatten. Sie war wirklich harmonisch und glücklich im tiefsten Sinne des Wortes gewesen.

Als alles vorüber war, versammelten sich die Verwandten und engeren Bekannten im Gasthaus »Zum Lamm« zum Leichenschmaus. Da wurde Jutta ein Telegramm überreicht.

»Herzlichstes Beileid. Wenn Du meine Hilfe brauchst, ich komme sofort. Halm.«

Mit müdem Lächeln faltete Jutta das Telegramm zusammen und steckte es ein. Hernach ließ sie zurücktelegrafieren:

»Herzlichen Dank, Lumperl. Aber ich brauche keine Hilfe. Durch diese Dinge muß jeder Mensch allein. Jutta.«

Sie adressierte das Telegramm an die Akademie. Dann ließ sie sich mit Benedikta im neuen Volkswagen, mit dem Gregor Schaller sie hatte überraschen wollen, zur Paßhöhe fahren.

Sechs Wochen waren inzwischen vergangen. Benedikta war nicht ins Institut zurückgegangen. Jutta hatte sie inständig darum gebeten.

»Ich glaube nicht, Benedikta«, sagte sie, »daß es im Sinne deines Vaters wäre, wenn du mich jetzt mit allem allein lassen würdest.«

So war Benedikta geblieben. Mit kindlichem Vertrauen hing sie der schönen Stiefmutter an. Anfangs hatte es Jutta beinahe schmerzhaft empfunden, wenn sie von dem Mädchen »Mutter« gerufen worden war.

»Laß das, Benedikta«, hatte sie dann gebeten. »Wie könnte

ich dir Mutter sein, wenn gerade du es bist, die mich aufrichte und tröstet.«

»Ach du Liebe«, antwortete Benedikta. »Wir tun es doc gegenseitig. Und ich kann mir keinen schöneren Namen denken für dich als Mutter. Freilich, ich weiß, du bist mein gute Kamerad. Aber kann ich dich denn so rufen?«

»Also gut, dann lassen wir es dabei. Es läßt sich sowies nicht mehr aufhalten, daß ich alt werde.«

»Du und alt?« lächelte Benedikta. »Du siehst immer noc aus wie ein Mädchen von Zwanzig.«

»Ja, aber mit einem alternden Herzen. Und schau her, hie an den Schläfen sind ein paar graue Haare.«

»Die du dir nicht ausreißen sollst, Mutter. Sie sind au Gram um Vaters Tod entstanden. Ach, ich bin dir doch au tiefstem Herzen dankbar, daß du ihm das Leben bis zum letzten Tag noch so verschönt hast, Mutter.«

Und so gewöhnte sich Jutta daran. Bald war es so, daß dieses »Mutter« ihr Herz wie Balsam berührte. Noch in einen setzte Benedikta ihren Kopf durch. Es war nicht nur, weil da Testament so lautete. Nein, Benedikta hatte einfach kein Lust, ihre Tage im Gasthof zu verbringen. Sie war viel liebe im Hof, ging mit den Leuten auf die Wiesen und in den Stall Sie wußte, daß der Hof und auch der andere droben auf de Höhe, der Johanniterhof, einmal ihr gehörten. So machte si sich mit allem bereits vertraut, studierte in den Katastern di Grenzlinien und Gemarkungen, um einen genauen Überblic zu bekommen, was alles einmal ihr gehören würde.

Sie verwurzelte immer mehr im heimatlichen Boden. Si blühte auf, ihre Bewegungen waren kraftvoll und geschmeidig, ihr Gesicht wurde braun von Sonne und Wind.

Oft betrachtete Jutta sie mit geheimem Neid. Noch einma so jung sein dürfen, dachte sie. So jung und unbekümmert nu dem Tag gehören. Sie dachte an ihre eigene Jugend, an ih

Aschenbrödeldasein im Ried, an die Armseligkeit jener Jahre, die nur einmal durchleuchtet waren von der Liebe des Malers Günther Halm.

Sie hatte zu niemandem gehen können und sagen: Mein Herz ist in solcher Verwirrung, was soll ich denn tun?

Nein, sie hatte keinen Menschen gehabt. Benedikta würde es da viel leichter haben. Benedikta konnte und durfte zu ihr kommen, und sie würde sicher das richtige Wort finden für das kleine Herz, wenn es in Not war.

So ging die Zeit dahin. Ach, Jutta spürte es. Ganz langsam stieg sie wieder heraus aus der Versteinerung ihrer Trauer. Ganz allmählich erhielt sie wieder den alten Schwung, ihre Tatkraft und ihren Unternehmungsgeist. Und ganz langsam fand sie wieder den Mut, auf den Balkon zu stehen und auf die Wiesen hinüberzusehen, nicht der Wiesen wegen, sondern des einen wegen, der sie mit Umsicht mähte und erntete.

Seit der Beerdigung hatte sie nicht mehr mit ihm gesprochen. Und damals auch nur das, was die Arbeit betraf. Seit Benedikta sich nun dazwischen geschaltet hatte, war es für sie überflüssig geworden, den Baumeister aufzusuchen oder herüberzubitten, um mit ihm die Arbeit der kommenden Wochen zu besprechen.

Andererseits mied er auch sie. Mehr noch als vorher. Er sagte Benedikta zum Wochenende, wieviel Geld er brauchte für die Löhne. Jutta rechnete es nach, händigte Benedikta den Betrag aus und kümmerte sich nicht mehr weiter. Im übrigen war die Paßwirtin vollauf beschäftigt. Sie hatte jetzt sogar noch zwei von ihren Privaträumen abgegeben, um den Andrang der Gäste bewältigen zu können. Sie und Benedikta behalfen sich mittlerweile mit dem großen Wohnzimmer und einem Schlafzimmer.

Jetzt erst merkte sie, welche empfindliche Lücke Gregor Schaller hinterlassen hatte. Es waren hundert Kleinigkeiten, die nun auf Jutta zukamen. Angefangen vom Aufstellen der täglichen Speisekarte bis zum Erproben jeder neuen Weinsorte, ging alles sie an. Sie mußte sich kümmern, daß im Schlachthaus alles in Ordnung ging. Manchmal mußte sie sogar selber wegfahren, um ein Kalb oder ein Schwein einzukaufen, wenn es der Hof drüben gerade nicht liefern konnte. Und oft genug hatte sie dabei das Empfinden, als schaue aus der dunklen Nacht der Ewigkeit das graue Augenpaar des Gregor Schaller herüber, ob sie alles recht mache und alles gut verwalte, was er ihr hinterlassen hatte.

Eines Tages erschien tatsächlich die Spitzmaus wieder. Sie saß auf der Terrasse und bestellte sich Kaffee und Kuchen. Sie war nun fetter geworden, und daher erschienen ihre Äuglein noch kleiner. Sie hatte die Frechheit, nach der Frau zu verlangen, um ihr zu sagen, daß der Kaffee nicht ganz besonders gut sei. In ihrer Pension sei er viel besser.

Jutta setzte sich erst gar nicht nieder. Sie stand mit verschränkten Armen vor Fräulein Therese und sagte, wenn der Kaffee ihr zu schlecht sei, brauche sie ihn ja nicht zu trinken.

»Na, na«, meinte die Spitzmaus versöhnlicher. »Man wird unter Geschäftsleuten doch noch was sagen dürfen.« Dann wurde sie rührselig. »Der arme Gregor Schaller. So früh hat er ins kalte Grab müssen.«

»Es war mir schwer genug«, antwortete Jutta. »Aber gegen das Schicksal kann man nicht an. Ich muß mich nun allein durchkämpfen.«

»Wirst wieder heiraten?« fragte Fräulein Therese anzüglich.

»Erst nach dir«, antwortete Jutta prompt, worauf die Spitzmaus ein paarmal schnappte.

»Ich? Nein, ich bleib ledig. Wenn ich so aussehen würde wie du, ja, dann wäre es was anderes. Auf dich ist ja der Paßwirt sofort hereingefallen.«

Jutta runzelte die Brauen und entgegnete kühl: »Wie meinst du das?«

»Genauso, wie ich es sage. War mir schon ein wenig geneigt, der gute Gregor, aber dann bist du gekommen und hast ihn verhext. Und jetzt sitzt du mitten in allem Reichtum.«

»Zum ganzen Reichtum geht mir aber doch einiges ab«, sagte Jutta mir beißendem Spott.

»Was dir schon noch abgehen könnte!«

»Das Silberbesteck zum Beispiel und die Bettwäsche, die du mitgenommen hast.«

Die Spitzmaus wurde zuerst bleich und dann purpurrot.

»Das ist eine Frechheit!«

»Reg dich nicht auf. Der Lambertus hat uns genau erzählt, daß er sechs Koffer auf dem Karrenweg nach Amlangen hat bringen müssen. Und jetzt laß den Kaffee stehen oder trink ihn. Bezahlen brauchst du ihn nicht. Ich aber habe keine Zeit mehr.«

Jutta verschwand im Haus und ging dann durch die Hintertür den Berg hinauf, wo einige Arbeiter beschäftigt waren, die Stützen des Skilifts nachzustreichen.

Das schwerste waren jetzt die Abende. Benedikta kam oft recht spät vom Hof herüber, und Jutta saß bis dahin allein in dem großen Wohnzimmer und spann sich in Erinnerungen ein. Neben dem großen Lehnstuhl hing die Pfeife an der Wand, die der Paßwirt vorm Einschlafen noch geraucht hatte. Nie mehr würde sie ihm die Filzpantoffel unter die Füße schieben, nie mehr ihm eine Orange abschälen, und nie mehr wird seine Hand über ihren Scheitel streicheln und sein Mund dabei flüstern: »Ach, Maidle, lieb's Maidle...«

Aber Woche um Woche verging, und es war nicht zu leugnen: Jutta wurde innerlich freier. Ihr Schritt federte wieder durch das weite Haus. Ihr Gesicht wurde wieder blühend. Gar mancher Kurgast sagte ihr eine Schmeichelei. Ja, die schöne, reiche Witwe war zum Anziehungspunkt geworden. Sie jedoch blieb von allem ungerührt. Ihre Gedanken wurden von etwas ganz anderem bewegt. Und immer vertrauter machte sie sich mit dem Gedanken, immer bestimmtere Formen nahm ihr Planen an.

Es war zwar noch zu früh, um über ein kaum verwelktes Grab hinweg die Hände nach einem neuen Glück zu strecken. Aber wer konnte es ihr verwehren, mit dem Gedanken zu spielen, ein einmal begangenes Unrecht an einem Menschen wieder gutzumachen? Sie war der Meinung, daß Anton immer noch an ihr hinge, daß er sie noch lieb hätte und nur alles gewaltsam in sich verbärge. Es sei nur seine Anständigkeit, die ihn davon schweigen ließ. Und trotzdem – mußte nicht auch er sich unablässig damit beschäftigen, daß mit dem tragischen Schlag des Schicksals ein Weg freigeworden war, der sonst verbaut geblieben wäre?

Eines Abends saß sie mit Benedikta etwas länger im Wohnzimmer als sonst. Draußen ging der stille Nachtregen eines Gewitters nieder. Vom Gastraum herauf hörte man leise die Musik des Plattenspielers. Jutta las, Benedikta stickte an einer Tischdecke. Einmal ließ sie die Hände sinken und schaute zum Fenster hin, an das der Regen schlug.

»Wo habt ihr eigentlich den Verwalter herbekommen, Mutter?« fragte sie unvermittelt.

Jutta legte den Finger zwischen die Seiten und klappte das Buch zu.

»Verwalter? Es gab bisher nur einen Baumeister. Vater hat ihn noch eingestellt. Warum, was ist mit ihm?«

»Es ist nichts mit ihm. Nur tüchtig ist er. Im Julienhof hat es einen Verwalter gegeben, aber der war bei weitem nicht so selbständig wie dieser hier.«

Nun schaute auch Jutta auf das Fenster hin, an dem der Regen niederrann. Recht lange schaute sie hin, als sähe sie hinter dieser gläsernen Wand ihre Vergangenheit und die Zukunft. Benedikta saß bei ihr, man konnte mit ihr schon alle Probleme des Gasthofes sowie des Gutshofes besprechen. Sie war nicht allein. Wie lange aber würde das so sein? Benedikta stand in den Zwanzigern und war ein schönes Mädchen. Von diesen Gedanken beeindruckt, sagte Jutta plötzlich:

»Wenn ich denke, daß ich dich einmal verliere, und daß ich dann wieder allein bin.«

Benedikta rückte näher heran und legte den Arm um die Schultern Juttas.

»Du wirst mich nicht so schnell verlieren, Mutter. An wen denn auch?«

»Das weiß ich nicht, Benedikta. Das kommt oft sehr schnell.«

»Verlieben, meinst du, Mutter?«

»Nein, nicht verlieben. Du wirst dich nie verlieben. Du wirst nur lieben.«

»Ja, Mutter, das fühle ich auch.« Sie schmiegte ihre Wange noch näher an Juttas Schulter. »Darf ich mal was sagen, Mutter, über das ich schon oft nachgedacht habe?«

»Du sollst es sogar sagen, Benedikta. Nie soll ein Geheimnis zwischen uns sein. Also, über was denkt denn mein Mädl so viel nach?«

»Bist du mir aber auch bestimmt nicht böse, Mutter?«

»Aber nein, warum denn? Also was meinst du?«

»Daß es eine Sünde wäre, wenn du allein bliebest. Ich glaube, daß Vater das gar nicht haben möchte.«

Stille. Nur die Uhr tickte. Langsam stand Jutta auf, ging ein paarmal im Zimmer auf und ab, die Hände ineinandergefaltet.

»Du meinst also, ich bin zu jung, um Witwe zu bleiben?«

»Ja, viel zu jung, Mutter.«

»Du würdest es also verstehen, wenn ich einmal –«

»Natürlich würde ich es verstehen. Und ich möchte dich

auch gleich bitten, Mutter, niemals auf mich Rücksicht zu nehmen.«

Jutta blieb hinter dem Mädchen stehen und legte ihm beide Hände auf die Schultern.

»Für dieses Wort danke ich dir, Benedikta. Aber glaube nur nicht, daß es schon so weit wäre. Das hieße das Andenken deines Vaters besudeln. Und das darfst du mir glauben, Benedikta: Wenn es einmal einer sein sollte, dann nur einer, der es wirklich verdient, Paßwirt zu werden.«

»Ich erwarte auch gar nichts anderes von dir, Mutter.«

»Na also! Aber das hat noch Zeit, viel Zeit. Und nun, Kleines, wollen wir schlafen gehen.«

Lange lag Jutta in dieser Nacht wach. Der Regen rann, und sie hörte ihn in der Dachrinne plätschern. Einmal schlug drüben im Gutshof der Hund an.

Es soll nie ein Geheimnis geben zwischen uns, hatte sie zu Benedikta gesagt. Aber konnte sie denn schon von etwas reden, von dem sie selber noch nicht wußte, was es war? Sie wußte nur, daß sich ihre Gedanken viel mit Anton Steger beschäftigten. Eine ganz zarte Regung war es, ein scheues Tasten, ein Lauern auf das eigene Herz, das so merkwürdig zu schlagen begann, wenn der Mann sie mit seinen guten Augen ansah. Manchmal gab es sich so, daß er ihr etwas Lobendes sagte über ihre Geschicklichkeit in allen Dingen. Dann errötete sie tief.

Aber darüber konnte sie doch nicht sprechen. Mit niemandem, auch mit Benedikta nicht.

Im andern Bett schlief Benedikta. Auch sie lag in dieser Nacht recht lange wach. Mit hinter dem Kopf verschränkten Händen lag sie da und starrte das Deckenmuster an, das in seinen Konturen nur von der Hoflampe verschwommen beleuchtet war.

Es ist doch schön von der Mutter, dachte sie, daß ich kein

Geheimnis zu haben brauche vor ihr. Aber konnte sie ihr denn sagen, war ihr junges Herz so seltsam bewegte? Konnte sie ihr denn anvertrauen, daß der Verwalter drüben sie bis in den Traum hinein verfolgte? Er hatte bis jetzt noch kein Wort über Liebe mit ihr gesprochen, aber sie fühlte, daß ihre Seele etwas Wesensgleiches mit der seinen hatte, daß sie manchmal leise angerufen wurde von einer geheimnisvollen Stimme.

Zum erstenmal wurde Benedikta von der Macht der Liebe angerührt, denn etwas anderes konnte es doch nicht gut sein, das ihr den Schlaf nahm und das Blut so selig zum Singen brachte.

Auch jetzt war es wieder so, daß sie im Einschlafen noch ein schmales Gesicht vor sich sah. Und sie hörte seine Stimme ganz deutlich durch das Geriesel des Regens: »Gute Nacht, Fräulein...«

Der Herbst kam heran. Die Abende fielen früher ins Land. Die Blumen im Garten verloren in einer einzigen Reifnacht allen Glanz.

Jutta Schaller, die Paßwirtin, war endlich mit sich ins reine gekommen. Einmal war ihr ganzes Sehnen dahin gegangen, den Weg hinauf zu finden. Nun stand sie oben auf dieser Höhe, jung und einsam. Und nun durfte sie wohl den Mann, den sie einmal geliebt und bitter enttäuscht hatte, bei der Hand nehmen, um ihn ebenfalls heraufzuheben in ihre Welt. Daß sie ihm noch gut war, erkannte sie jetzt jeden Tag mehr. Ihr Blut begann wieder jene süße Melodie zu singen wie damals, als sie bei ihm in der Waldhütte gelebt hatte. Sie nahm jetzt seine scheue Zurückhaltung als Liebe hin und dankte es ihm. Es wäre nicht gut gewesen, hätte Anton Steger schon gleich nach des Paßwirts Tod darauf gepocht, daß er auch noch ein Recht, das Recht des Betrogenen, auf sie habe.

Jutta wollte damit warten bis Weihnachten. Nach der Bescherung wollte sie ihn zu sich rufen, wollte ihm die Hände auf die Schultern legen und ihm sagen:

Wenn ich dir noch gut genug bin, Anton, und wenn du vergessen kannst, was ich dir einmal angetan habe, dann nimm mich jetzt. Nur das Trauerjahr laß uns noch abwarten.

Immer eindringlicher stellte sie sich diese Szene vor. Und sie sah ihr Leben schon einmünden in eine neue Straße. Ein neues Leben würde beginnen, ein Leben, von dem sie vielleicht auch noch erwarten durfte, was ihr bisher versagt geblieben war: ein Kind aus ihrem Fleisch und Blut.

Das, ja, das allein war es. Sie wollte es sich nur nicht eingestehen. Sie litt darunter, daß ihr ein Kind versagt geblieben war. Oft, wenn sie vom Tagwerk müde die Hände faltete, dachte sie in schmerzlicher Wallung: Für wen bin ich eigentlich müde geworden heute? Für wen schaffe ich überhaupt? Was hätte mein Leben doch für einen Sinn, wenn ich ein Kindlein wiegen könnte! Nie wieder würde sie dann daran denken, ihr Leben mit einem anderen zu teilen. So aber gingen ihre Gedanken eben den andern Weg.

Das Erntefest kam heran. An diesem Tage wurde auf dem Lahnerhof alles aufgetragen an Essen und Trinken, was der Hof zu bieten hatte. Vom Johanniterhof war der Schweizer heruntergekommen und spielte auf seiner Ziehharmonika. Am späten Nachmittag fand sich auch Jutta für eine Stunde ein. Sie wollte damit die Verbundenheit mit den Leuten, zu denen sie einmal gehörte hatte, bekunden, und dachte wehmütig daran, daß sie im Vorjahr noch an der Seite des Paßwirts hier gesessen hatte.

Anton Steger fühlte sich an diesem Tage gewissermaßen als Hausherr im Hof. Jutta beobachtete mit stillem Vergnügen, wie er umherging, nachsah, ob die Krüge noch gefüllt waren, und beschwichtigend auf die Leute einwirkte, wenn sie in ihrer Lustbarkeit zu laut werden wollten.

Einmal traf ihr Blick den seinen. Nein, sie schlug die Augen nicht nieder, wunderte sich nur, daß er so schnell den Blick beiseite wandte. Warum denn das? Er brauchte sich doch seiner Liebe nicht zu schämen!

Als sie ging, begleitete er sie hinaus. Er tat es genauso, als wäre er der Hausherr hier, der es als seine Pflicht ansah, einen lieben Gast zu verabschieden.

»Nun seid noch recht lustig«, sagte Jutta unter der Tür und blickte dabei über den Hof, auf dem Sonne lag. »Für mich schickt es sich nicht, unter lustigen Leuten selber fröhlich zu sein. Manchmal meine ich auch, ich sei schon zu alt, um lustig sein zu dürfen.«

»Du bist nicht alt«, antwortete er. »Immer noch siehst du aus wie ein Mädchen.«

»Das sagst nur du, Anton, weil du es mit anderen Augen siehst. Immerhin bin ich um Jahre älter als du.« Sie sah ihn dabei wieder an. Wieder so wie vorhin, ganz tief, mit einem stillen Leuchten. Ihre Hand faßte nach der seinen. »Ach ja, Anton, es wird schon noch alles recht werden, nicht wahr?«

»Ich hoffe zuversichtlich, Frau, daß alles recht wird«, antwortete er. Er fühlte selber, daß er alles sinnlos nachplapperte. Seine Gedanken waren nicht bei dem Gespräch. Sie waren zurückgeblieben in der Stube.

»Nicht wahr, Anton«, nahm Jutta wieder das Wort. »Dann wird auch der traurige Zug um deine Mundwinkel verschwinden?«

»Traurig? Ist er traurig? Ich weiß es nicht, Frau.«

»Ja, er ist traurig, und er wird verschwinden, das weiß ich genau.«

»Ja«, meinte er nach einer Weile nachdenklich. »Das hängt ganz davon ab.«

»Wovon ab?«

»Wie sich alles gestalten wird.«

»Nur noch ein wenig Geduld«, sagte sie, drückte fest seine Hand und ging davon. Unter gesenkten Brauen heraus sah er ihr nach. Wie stolz ihr Schritt war. Keine konnte den Kopf so tragen wie sie.

Als er in die Stube zurückkam, fühlte er sich freier. Benedikta saß noch auf demselben Platz wie vorhin. Da hatte ihre Mutter neben ihr gesessen, jetzt konnte er diesen Platz einnehmen. Sie durfte der Trauer wegen nicht tanzen. Ihm lag auch nichts daran. Und so saßen sie nebeneinander, das Fräulein und der Verwalter. Aber sie nannten sich innerlich längst beim Vornamen. Zuweilen sahen sie sich in die Augen. Benedikta lächelte dann. Es war ihnen ganz selbstverständlich, daß sie so nebeneinandersitzen mußten. Und wenn unter dem Tisch sich einmal die Hände berührten, so mochte das Zufall sein. Aber als sie das ein paarmal wiederholte, war es schon Absicht. Die Hände zuckten nicht mehr scheu voreinander zurück. Sie suchten sich, die Finger schlangen sich ineinander, ganz fest, als wollten sie sich nie mehr voneinander lösen.

»Du trägst einen Ring«, sagte er.

»Ja, das ist ein Erbstück meiner verstorbenen Mutter.«

»Ach ja«, meinte er. »Deine Mutter ist ja gestorben.«

»Ja, aber ich habe auch Jutta als Mutter sehr lieb«, sprach sie weiter. »Ich bewundere ihre Tatkraft und ihre Tapferkeit.«

»Das kann man wohl.«

»Du trägst keinen Ring«, sagte Benedikta. »Hast du eigentlich noch nie ein Mädel geliebt?«

Er hätte ihr nun allerhand erzählen können. Er hatte einmal geliebt, ja. Aber darüber mußte sein Mund immer versiegelt bleiben.

»Doch«, gab er zögernd zu. »Aber ich bin arg enttäuscht worden. Ich weiß nicht einmal mehr ihren Namen.«

Die Stunden gingen dahin. Die Mädchen schrien lauter als vorher, und einige Trinker begannen Lieder zu grölen. Nur

Lambertus konnte unheimlich viel vertragen, ohne betrunken zu werden. Er war pudelnüchtern, und er war vielleicht der einzige, der merkte, daß der Baumeister und das Fräulein hinausgingen.

Die Nacht sah eine andere Benedikta als jene, die in der Stube heimlich unterm Tisch die Hand des Mannes gesucht hatte. Und diese schöne Nacht, sie sah auch einen anderen Mann. Er hatte seine Schüchternheit zurückgelassen bei den fröhlichen Trinkern und legte nun den Arm um die Hüfte des Mädchens. Die andere Hand legte sich schmeichelnd auf ihr Haar. Willig gab sie dem zarten Druck seiner Finger nach und beugte den Kopf zurück. Sie sah so viele Sterne über sich und wollte aus Verlegenheit zu zählen beginnen. Aber da verschlossen seine Lippen ihren Mund.

Benedikta erlebte diese Stunde mit einem Gefühl, als öffne sich der Himmel und sie sähe mit einem Blick ein Meer von Lichtern, die für ihre Liebe angezündet worden waren.

Auf einmal war alles so klar und einfach. Sie sagten sich, daß sie sich liebten, und Benedikta gestand ihm auch, daß sie ihn seit langem schon liebe, und daß er schon oft in ihren Träumen gewesen sei.

»Ich bin nur deinetwegen nicht zurückgegangen ins Institut«, erzählte sie ihm, während sie engumschlungen über die Hügelwiesen hingingen. »Es hat mich wie ein Magnet hier festgehalten in deiner Nähe.«

»Und mir hat man es anders gesagt, Benedikta. Damit die Frau drüben nicht so allein sei, darum seiest du nicht zurückgegangen in das Institut.«

»Ja, das habe ich mir auch eingeredet, weil ich für das andere keinen Namen hab finden können. Und nun darf ich es dir ja sagen: Ich liebe dich. Ich werde dich immer liebhaben. Glaubst du das?«

»Ich weiß, daß du nicht lügen kannst, Benedikta. Weißt du

auch, wie glücklich es mich macht, wenn du mir das sagst? Ich möchte dich mein ganzes Leben lang behüten.«

Sie nickte mit geschlossenen Augen. Ihr Kopf lag auf seinem Herzen, und sie hörte den ruhigen Schlag.

»Es wird wohl nicht anders gehen«, sagte sie dann, »daß ich es Mutter erzähle. Wir haben nämlich ausgemacht, nie ein Geheimnis voreinander haben zu wollen, und daß ich immer zu ihr kommen kann, was mich auch bewegt. Du hast doch nichts dagegen, wenn ich mit ihr darüber spreche?«

Ganz leicht erschrak er. Sie aber faßte sein Erschrecken falsch auf und sagte:

»Du brauchst keine Angst zu haben, Anton. Sie will doch nur mein Glück, und ich weiß, daß sie es mir von Herzen gönnen wird.«

»Ich habe Angst, Benedikta. Nur bitte ich dich, sage du nichts. Überlasse das mir. Es gehört sich für den Mann, daß er um sein Mädchen wirbt. Ich werde mit ihr sprechen.«

»Wann?«

»Morgen. Vielleicht kannst du ihr sagen, daß ich morgen abend mit ihr sprechen will.«

Die Kasse war abgerechnet. Jutta Schaller schaute noch im Keller und Schlachthaus nach, ob auch die Lichter ausgemacht seien, dann zog sie sich in das Wohnzimmer zurück.

Obwohl es eigentlich gar nicht nötig war, hatte sie sich für diese Stunde schön gemacht. Gerade stand sie wieder vor dem Spiegel und legte sich die schwere Halskette um. Ihr Gesicht war ein wenig gerötet, von der Unruhe vielleicht, die sie beherrschte, seit Benedikta ihr gesagt hatte, daß der Verwalter sie am Abend zu sprechen wünsche.

»Weißt du, in welcher Angelegenheit?« hatte sie gefragt. Benedikta war dieser Frage ausgewichen.

Sie nahm es ihm nicht übel. Er wollte sich eben sein Glück

sichern. Und sie würde ihm sagen, daß sie immer noch in einem Winkel ihres Herzens eine Liebe aufbewahrt hatte. Nun wollte und konnte sie ihn tausendfach entschädigen für die Enttäuschung, die sie ihm zugefügt hatte. Sie würde die Arme um seinen Hals legen und ihn küssen. Und würde ihn dann bitten, für immer zu vergessen, daß sie einmal aus seiner Geborgenheit fortgelaufen war.

Da klopfte es schon.

»Herein!« Wie ihre Stimme merkwürdig zitterte!

Anton blieb unter der Tür betroffen stehen, so überwältigt war er von dem schönen Bild. Sie lächelte ihm aufmunternd zu.

»Bitte, Anton, nimm Platz.« Sie rückte den Stuhl für ihn zurecht.

Ein wenig linkisch und unbeholfen nahm er Platz.

»Trinkst du lieber Kirschlikör oder Wein?«

»Nein, danke. Nichts trinken. Vorerst wenigstens nichts.«

Er verschränkte die Hände ineinander und sah zu Boden. Erst als Jutta sich neben ihn setzte, blickte er auf.

»Du wolltest mit mir sprechen, Anton. Ich weiß zwar nicht, warum dies in so feierlicher Weise geschehen soll« – sie lächelte ihm ermutigend zu – »ich weiß ja bereits, was du sagen willst, und ich weiß auch, was ich dir antworten werde.«

»Das glaube ich weniger«, meinte er unsicher.

»Glaubst du denn, ich hätte darüber noch nicht nachgedacht?«

»Hat denn Benedikta – ich meine, hat sie dir schon etwas erzählt?«

Unwillkürlich richtete sich Jutta in den Schultern ein wenig auf.

»Benedikta? Was soll sie mir denn erzählt haben?«

Vor lauter Verlegenheit knetete er wieder an seinen Händen herum.

»Weißt du, Jutta, es ist nämlich gar nicht so einfach zu sagen. Zuerst habe ich gemeint, daß es ganz leicht ginge, und daß du mich verstehen wirst, weil – ich meine, du bist mir doch einmal recht gut gewesen. Und jetzt weiß ich nicht, wie ich es herausbringen soll.«

»Was herausbringen?« fragte Jutta gespannt.

»Na ja, du könntest es so auffassen, als ob es mir um des Besitz wegen zu tun wäre. Das ist aber nicht wahr, und –«

»Das weiß ich doch, Anton.«

»Tja, es ist nun einmal so, wir können nichts dafür. Wir lieben uns, Benedikta und ich.«

Jutta verlor alle Farbe. Ihr Gesicht sah aus wie eine Maske. Sie hätte aufschreien mögen vor Schmerz. Als die tiefste Demütigung ihres Lebens erlitt sie diesen Augenblick. Niemals vorher, glaubte sie, hätte ihr jemand solches Weh zugefügt. Und es war so bitter, daß ihr das zugefügt wurde von zwei Menschen, denen sie herzlich zugetan war. Ihre Augenlider flatterten. Eine gräßliche Vorstellung marterte sie plötzlich: Die beiden werden natürlich alles bereits abgesprochen haben. Anton wird Benedikta erzählt haben, daß er auch sie, die Jutta vergangener Tage, einmal geliebt hatte, und daß sie deshalb wohl ihren Segen dazu geben müsse. Furchtbar war ihr der Gedanke, daß Benedikta um ihre Vergangenheit wissen könne. Sie schnellte hoch und ging im Raum auf und ab.

»Du scheinst zu wissen, was du willst«, sagte sie. »Benedikta ist eine reiche Erbin. Da lohnt es sich schon, so zu tun, als ob man liebe.«

Da stand er auf. Um seinen Mund war ein bitterer Zug. Seine Brauen waren hart zusammengeschoben.

»Das hättest ausgerechnet du mir nicht sagen dürfen, Jutta, denn dir ist es einmal um das gegangen, was du mir jetzt unterschieben willst. Ich habe noch nie nachgerechnet, was Benedikta einmal haben wird. Ich habe sie gern, nicht erst seit gestern. Nein, schon seit der Stunde, als ich sie neben dir am Grabe stehen sah. Ich habe sie lieb, weil sie ein tapferes Mädchen ist. Mir geht es nicht um materielle Vorteile, und ich weiß auch, daß Benedikta überall mit mir hingehen würde. Wir würden auch in meiner alten Waldhütte glücklich sein.«

Sie blieb vor ihm stehen und sah ihn mit verschleierten Augen an.

»Ja, du hast ein Recht, mir das zu sagen. Aber dein Kommen war überflüssig. Benedikta ist ein freier Mensch und kann tun und lassen, was sie will. Ich habe da nichts zu bestimmen. Höchstens raten könnte ich ihr. Aber ich werde auch das nicht tun.«

»Es sollte nichts hinter deinem Rücken sein, Jutta«, meinte er nach einer Weile. »Benedikta will kein Geheimnis vor dir haben und hätte dir gestern vielleicht schon alles gesagt. Ich aber habe sie davon abgehalten, weil ich selber mit dir sprechen wollte.«

Jutta strich sich mit beiden Händen über die Augen, als wollte sie einen Schleier wegstreichen.

»Anton«, sagte sie leise. »Ich habe nur noch eine Bitte, wenn es dazu noch nicht zu spät ist.«

»Ich weiß nicht, was du meinst, Jutta. Aber eine Bitte von dir ist mir immer noch heilig.«

»Sage Benedikta nie, was zwischen uns beiden einmal war.«

»So schlecht kennst du mich, Jutta? Warum sollte ich denn Vergangenes wieder ans Licht zerren? Ich war nie ein Schwätzer, und ich müßte es höchstens tun, wenn ich dir sehr böse wäre. Aber ich bin dir nicht böse, Jutta. Nicht mehr böse wenigstens. Ich mag dich sogar noch sehr gern. Aber Liebe – nein, Liebe ist es nicht mehr. Kannst du mich verstehn, Jutta?«

»Ja, doch, Anton. Jetzt verstehe ich alles. Ich verstehe auch das, daß du mich soeben zur alternden Frau gemacht hast.«

»Wozu hätte ich dich gemacht?«

»Dein Herz ist der Jugend zugeflogen, und ich – verstehe es.« Tief senkte sie den Kopf. Ihre Hand, die auf der Stuhllehne lag, zitterte heftig. So stand sie ein paar Minuten. Anton sah, wie sie heftig mit sich kämpfte, und wollte gerade etwas Tröstendes sagen. Da hob sie den Kopf. Ihre Augen schimmerten feucht.

»Es ist ja nun alles in Ordnung, Anton. Gehe jetzt zu Benedikta. Sie wird sicher schon sehnsüchtig warten. Und sage ihr – daß ich mich freue.«

»Es sieht zwar nicht ganz so aus, Jutta, aber ich danke dir aus ganzem Herzen.«

Er wandte sich um und ging hinaus.

Sie hörte die Tür ins Schloß fallen und seinen Schritt über die Stufen gehen. Jetzt erst öffnete sie wieder die Augen und ging zum Spiegel.

Als sie hineinschaute, meinte sie, daß ihr wirklich ein alterndes Gesicht daraus entgegensähe. Aber das mochte Täuschung sein, denn ihre Augen waren verschleiert von Tränen.

Zum Glück hatte sie sich bereits wieder etwas beruhigt,als Benedikta hereinstürmte und ihr jubelnd um den Hals fiel.

»Ach, Mutter, ich bin so namenlos glücklich!«

»Ja, ja, ist schon gut mein Kind«, sagte Jutta mit wehmütigem Lächeln und streichelte Benedikta über das Haar.

»Da habe ich immer geglaubt, noch ein kleines Mädl um mich zu haben. Und nun liebt sie!«

»Ja, Mutter. Ich habe es zuerst nicht gewußt. Aber Liebe ist wohl das, wenn man den Wunsch in sich trägt, daß man mit jemanden alt werden möchte.«

Jutta horchte erstaunt auf. Sie nahm Benediktas Kopf zurück und sah ihr lange in die Augen.

»Wenn man mit jemandem alt werden möchte? Das hast du schön gesagt, Mädl. Aber nun geh, mein Kind. Du sollst ihn nicht so lange warten lassen.«

Allein geblieben, setzte sie sich auf den Schemel vor dem offenen Kamin, wo sie so viele Male mit Gregor Schaller gesessen hatte. Das Kinn aufgestützt, sah sie in die Dämmerung des Raumes hinein. Manchmal zuckte es um ihren Mund.

»Wenn man den Wunsch in sich trägt – daß man mit jemandem alt werden möchte...« sprach sie langsam vor sich hin.

Sie hatte früher den Wunsch nicht gehabt, und darum war Anton Stegers Liebe erloschen und war der Jugend zugeflogen. Das Schicksal ließ sich nicht betrügen und zahlte mit Zins und Zinseszinsen heim, wenn man meinte, man hätte ihm einen Sieg abgetrotzt.

Einmal hatte Jutta ihren Willen durchgesetzt. Sie hatte sich selber hinaufgehoben in ein anderes Leben, war Jutta Schaller, die reiche Paßwirtin geworden, die nun einsam in den Mittag ihres Lebens hineinwanderte, die jetzt für einmal Versäumtes mit Zins und Zinseszins zu zahlen hatte.

Der Weg hinauf war steil gewesen. Sie hatte ihn erzwungen, aber es war kein restloser Sieg gewesen. Es war nur eine Laune des Schicksals, daß sie oben bleiben durfte auf dieser Höhe, inmitten ihres Reichtums, und nicht mehr herunter mußte in die Niederungen, aus denen sie einmal aufgestiegen war. Alle Bilder zogen in dieser Stunde an ihr vorüber. Jener Herr Wohleder, der ihr die Tür aufgestoßen hatte, daß sie hatte hineinsehen können in das andere Leben. Dann Günther Halm, das Hohelied jener Liebe und die bittere Enttäuschung, aus der sie gelernt hatte. Dann war die Episode mit Ambrosius gewesen, die sich so schmählich zerschlagen hatte, daß sie aus dem Ried fortgegangen war. Von diesem Zeitpunkt ab hatte sich eigentlich ihr Leben geändert. Und wenn sie die leuchtenden zwölf Tage in der Waldhütte in Abzug brachte, dann war es doch alles in allem gesehen ein gerader und schneller Weg gewesen auf diese Höhe.

Wie lange war das alles eigentlich schon her? Saß nicht hier eine uralte Frau am glimmenden Feuer, über die ein Jahrhundert oder zwei hinweggegangen waren, in denen es vielleicht noch Brauch gewesen war, daß man ein Kind für ein Kartenspiel hingegeben hatte?

Verwirrt erhob sich Jutta und strich sich das Haar aus der Stirn. Die Luft war erstickend schwül im Zimmer. Sie riß die Fenster weit auf. Silbern lag das Land im Mondlicht da. Aus der Tiefe hörte man den Glockenschlag einer Stunde.

Es war noch keine späte Stunde.

Die Paßwirtin erinnerte sich, daß sie noch nicht schlafen dürfe. Ihr Herz hatte heute einen schmerzhaften Schlag erlitten. Aber jeder Schmerz geht einmal vorüber. Und sie würde lernen müssen, sich am Glück der Jugend zu erfreuen. Nicht Freude heucheln, sondern wirkliche Freude mitempfinden.

Auf einmal wußte sie, daß sie sich würde freuen können, denn jeder dieser beiden Menschen hatte einen Teil ihres Herzens gewonnen. Sie waren in ihr Herz eingeschlossen, und sie würde alles miterleben; Freude, Glück und vielleicht auch Tränen. Denn in jedes Glück, mochte es noch so hell erstrahlen, fielen ein paar Tropfen Wermut.

Irgendwo im Hof drüben wurde eine Tür zugeschlagen. Ein Hund bellte kurz und verstummte wieder. Er mochte die beiden wohl erkannt haben, die als Liebende durch diese helle Mondnacht gingen.

Wieder fiel ein einzelner Glockenschlag aus der Tiefe von Amlangen.

Da schloß die Paßwirtin Jutta Schaller in der Lahn das Fenster. Dann ging sie hinunter und begrüßte lächelnd die Gäste des Hauses.